KB095599

하룻밤에 읽는 심리학

우리가 알아야 할 심리학의 모든 것

하룻밤에 읽는 심리학

우리가 알아야 할 심리학의 모든 것

조엘 레비 지음
한미선 옮김

유엑스 리뷰

차례

심리학이란?

심리학은 정신을 탐구하지만, 이 간단한 어휘는 뇌의 생물학과 신경계에서부터 사랑과 행복의 의미에 이르기까지 현기증을 일으킬 만큼 광범위한 분야의 인간 사고와 행동을 다룬다. 심리학은 인류가 성취한 모든 것을 과학적으로 연구하기 위해 노력한다는 점에서 '인류의 과학'이라고 불려왔다. 여기서 핵심 단어는 '과학'이다. 철학, 역사, 문화와 같은 많은 학문들이 비슷하거나 겹치는 분야들을 연구하지만, 심리학은 과학적인 방법으로 인간의 사고방식에 접근을 시도한다는 점에서 차별성을 갖는다.

이러한 의미에서 과학은 구체적 철학과 지식의 방법론 그리고 발견을 의미한다. 과학은 현상(사고와 행동)을 관찰해서 가설을 구축해야 하며, 이는 어떤 현상이 일어나는 방식과 이유를 설명하는 모형이나 이론이 된다. 이러한 가설들은 실험을 통해서 검증받을 수 있는 예측을 생산하고, 실험 결과와 이 예측들이 일치하는 정도에 따라 이 가설은 확정되거나 무효화된다. 이것이 최소한 과학이 작동하는 방식이어야 하며, 따라서 심리학이 작동하는 방식이어야 한다. 그러나 알게 되겠지만 심리학이 늘 그렇게 간단하지는 않다.

심리학은 거대하고 광범위한 학문 분야이며, 수많은 방식으로 그것을 범주화하고, 분류하고, 세분화할 수 있다. 예를 들어, 이론심리학과 응용심리학에는 차이가 있다. 이론심리학은 심리적 과정의 이론과 기본 원리들을 고찰하는 반면 응용심리학은 심리학적 과학을 실제 세계(정신 질환의 치료)에 적용하는 시도를 한다.

이 책은 대체로 심리학의 전형적인 도서 분류 방식을 따르고 있으며, 다음와 같은 분야들을 다루게 될 것이다.

- 생물심리학 - 뇌와 신경계의 해부와 생리를 연구하는 분야
- 인지심리학 - 사고, 기억, 감정을 연구하는 분야
- 대인관계 심리학 - 사람들이 서로 관계를 맺는 방식을 연구하는 분야
- 차이심리학 - 사람들이 어떤 방식(예 성격과 지능)으로 서로 다른지를 연구하는 분야
- 사회심리학 - 집단의 심리를 연구하는 분야
- 발달심리학 - 사람들이 성장하고, 변화하고, 학습하는 방식을 연구하는 분야
- 긍정심리학 - 행복과 웰빙의 심리를 연구하는 분야
- 이상심리학 - 정신 질환과 그러한 질환들을 치료하는 방법을 연구하는 분야

뇌와 정신세계에 대해 우리가 알아야 할 것

뇌와 신경계

심리학을 이해하기 위해서는 우선 이를 뒷받침하는 과학, 특히 뇌 과학을 탐구해야만 한다. 즉 신경계를 이루는 구성요소와 신경계의 기본적인 역할 분담을 이해할 필요가 있으며, 뇌를 구성하는 여러 영역, 그리고 뇌의 다양한 기능과 이 영역의 상관관계도 파악해야 한다. 또한, 뇌 구조와 기능의 연계에 따른 매력적이면서도 때로는 이해하기 힘든 결과들을 밝혀낸 주요 연구와 역사적인 사례 연구들도 살펴봐야 한다. 나아가서 의식, 수면, 그리고 최면과 같이 구조와 기능의 연계가 갖는 가장 불가사의한 측면들도 자세히 들여다볼 필요가 있다.

뉴런과 신경계

신경계는 중추신경계central nervous system와 말초신경계peripheral nervous system로 나뉜다. 중추신경계는 뇌와 척수로 이루어져 있고, 말초신경계는 피부와 근육에 연결된 신경들로 구성돼 있다. 이 신경들은 감각 신호와 운동 신호 혹은 자극을 전달한다.

중추신경계와 말초신경계는 둘 다 신경 세포 혹은 뉴런으로 이루어져 있다. 가장 일반적인 형태의 뉴런은 그것에서 뻗어 나온 무수히 많은 '돌기projection'를 가진 하나의 세포체로 이루어져 있다. 이 돌기 중 대다수는 '수상돌기dendrite 혹은 가지돌기'로, 다른 뉴런이 보내는 정보를 수집하고 이를 세포체로 가져오는 역할을 한다. 이들 돌기 중 하나는 '축삭돌기axon'라고 불리며, 다른 것들보다 훨씬 길다. 가지처럼 뻗어 나가서 다른 뉴런의 수상돌기와 연결되기 직전 축삭돌기의 길이는 최대 1미터에 이른다. 대다수 뉴런 속의 축삭돌기는 '미엘린myelin'이라고 하는 백색 지방질 수초에 둘러싸여 있다. 이 미엘린초myelin sheath는 일종의 절연체 역할을 하면서 신경 신호를 빠른 속도로 전달한다.

말이집, 수초라고도 불린다

자율신경계Autonomic nervous system

우리의 몸에는 의식적 통제가 불가능한 신경계가 존재한다. 이는 자율신경계라고 불리며, 호흡, 장 수축intestinal contraction, 혈관 이완 및 수축, 땀, (공포 등으로) 머리카락이 쭈뼛거리는 현상 등을 조절한다.

신호처리기와 시냅스

뉴런은 전기적으로 활성화된 작은 생물학적 마이크로프로세서 칩과 비슷하며, 다른 뉴런에서 입력되는 정보를 수상돌기를 통해서 수집하고, 이를 세포체에서 처리한다. 그리고 여기서 산출된 정보를 축삭돌기를 통해서 전달한다. 뉴런은 세포막으로 이온들을 이동시켜서 세포막 안과 밖 사이의 전위를 증강한다. 만약 뉴런이 충분한 입력 정보를 입수할 경우, 세포막에 변화가 일어나고, 세포막 전체에서 전위 방전이 가속화된다. 이를 통해서 신경 신호로 알려진 전기 자극의 이동이 일어난다. 그런 다음에는 무슨 일이 일어날까?

- **시냅스의 뉴런들 사이에서 신경 신호**(뉴런 기능의 입력과 출력물)**의 교환이 이루어진다. 시냅스는 한 뉴런의 축삭돌기와 다른 뉴런**

의 수상돌기가 만나는 연결 부분으로, 이 연결부에는 시냅스 틈 synaptic gap으로 불리는 작은 공간이 있다.

- 신경 신호가 축삭돌기의 한쪽 말단에 도달하면, 신경 전달 물질로 알려진 작은 화학 물질 덩어리들이 이 시냅스 틈으로 방출되고 축삭돌기의 반대쪽 말단의 수용체 단백질이 이를 흡수한다.

- 이 수상돌기와 수신 뉴런receiving neuron에 속하는 다른 수상돌기들이 충분한 양의 신경 신호와 결합하게 되면, 축삭돌기는 자체 전기 신호를 생성하고 이 신경 신호를 분배한다.

다른 유형의 뉴런 또는 뇌의 다른 영역에서는 각기 다른 전달 물질을 이용한다. 혹은 이 전달 물질들이 같은 뉴런에 서로 다른 영향을 미칠지 모른다. 어떤 물질은 뉴런을 자극하고, 또 어떤 물질은 뉴런을 억제해서, 그것의 발화fire 가능성을 낮춘다. 신경 전달 물질은 뇌 처리 과정을 조절하는 데 중요한 역할을 한다. 예를 들어, 의약품이나 기분 전환 약물recreational drug을 이용해서 뇌 속의 신경 전달 물질 간의 미묘한 균형에 변화를 일으키면 기분, 운동 조절, 인지, 기억, 심지어 의식 자체에 영향을 미칠 수 있다.

예를 들어, 신경 전달 물질의 하나인 '세로토닌serotonin'은 감정과 기분의 생성과 조절에서 중요한 역할을 한다. 하루 혹은 1년 중 세로토닌의 수치는 차이가 있으며, 먹는 음식의 영향을 받고, 프로작Prozac이나 엑스터시Ecstasy와 같은 항우울제를 이용해 조절할 수 있다.

뇌의 해부

중추신경계는 척추spine, 뇌간brain stem, 소뇌cerebellum, 대뇌cerebrum로 이루어져 있다.

- 척추는 말초신경계의 감각 신경 세포나 피드백 신경 세포가 보내는 신경 신호(자극)를 수집해서 이들 신경 세포에 분배한다. 무릎반사knee-jerk reflex와 같은 몇몇 신경 기능들은 척추 내에서만 수행된다. 그러나 이러한 기능들 대다수는 뇌가 발신 혹은 수신하는 신호에 따라 결정된다. 척추는 두개골 아래쪽에서 시작하여 뇌

의 가장 원시적인 부분, 즉 뇌간까지 뻗어 있다.

- 뇌간은 호흡, 각성 혹은 수면 상태와 같이 신체의 무의식적 프로세스를 조절한다. 뇌와 신체 사이에서 오고 가는 모든 신경 신호와 감각은 뇌간을 통과한다. 또한, 뇌간은 신체 오른쪽에서 발생한 신경 신호가 좌측 뇌로 넘어가는 곳이다. 반대로 신체 왼쪽에서 발생한 신경 신호가 우측 뇌로 넘어가는 장소이기도 하다.

- 소뇌는 뇌의 가장 아래쪽에 있으며 복잡하게 프로그램화된 신경세포 발화를 조절해서 순조롭고, 잘 조율된 균형 잡힌 움직임을 생산하는 데 관여한다. 예를 들어, 의식적으로 뇌의 상부를 이용해서 걸을 때, 그와 관련된 신경 과정을 실질적으로 수행하는 것이 바로 소뇌다.

- 일반적으로 뇌에 관해 이야기할 때, 흔히 '뇌'라고 지칭하는 것이 바로 대뇌를 의미한다. 대뇌는 사고, 기억, 언어와 같은 모든 고등 정신 기능higher mental function이 발생하는 곳이다. 그뿐만 아니라 의식이 이루어지는 곳이기도 하다. 대뇌의 외피인 대뇌 피질

cerebral cortex은 깊은 주름과 움푹 패인 골을 갖고 있어, 호두처럼 보인다. 대뇌 피질의 광범위한 주름 구조 때문에 뇌의 표면이 두개골의 한정된 공간에 들어갈 수 있다.

- 대뇌와 뇌의 아랫부분의 사이에는 이음 구조in-between structure들이 존재하며, 대뇌의 의식적인 신경 과정과 뇌간의 무의식적인 신경 과정을 연결한다. 이러한 이음 구조는 시상thalamus, 시상하부hypothalamus, 변연계limbic system로 이루어져 있다. 이 구조물들은 인간의 성격 중 동물적 본능, 즉 감정과 두려움 그리고 배고픔, 목마름, 성욕과 같은 기본적 충동 등을 발생시키고 조절하는 역할을 한다. 또한, 학습 및 기억 형성에도 관여한다.

우뇌와 좌뇌

대뇌는 좌대뇌 반구left cerebral hemisphere와 우대뇌 반구right cerebral hemisphere 두 개의 영역으로 나뉜다. 비록 두 영역이 해부학적으로 거의 비슷하고, 협업하는 경우가 많지만, 이 두 영역이 담당하는 역할에는 약간의 차이가 있다. 대다수의 경우, 좌대뇌 반구는 언어능력, 논리력, 수학적 능력과 같은 기능을 주관하는 반면, 우대뇌 반구는 감정, 예술, 공간 추론(인지)능력을 관장한다. 각각의 대뇌 반구는 신체 반대쪽의 감각 기능과 운동 기능을 조절하지만, 대부분 좌대뇌 반구가 운동 조절을 담당한다. 이러한 이론 때문에 오른손잡이가 훨씬 더 많다.

일반적으로 우리는 이와 같은 구별된 역할을 의식하지 못한다. 이는 뇌량corpus callosum, 즉 고속 정보 이전 링크인 두 대뇌 반구를 교량처럼 연결해 주는 신경 섬유들 덕분이다. 메시지가 두 대뇌 반구 사이를 상당히 빠른 속도로 오가기 때문에, 이 두 대뇌 반구는 단일 유닛처럼 작동할 수 있다.

편측무시Unilateral neglect **- 반대편의 자극 무시**

간혹 뇌졸중, 부상, 혹은 외과적인 수술로 인해 대뇌 반구 중 하나가 손상을 입어도 나머지 대뇌 반구는 계속해서 정상적인 기능을 하는 경우가 있다. 이렇게 한쪽 대뇌 반구 손상을 입은 경우, 편측무시로 알려진 상태를 보일 수 있다. 이 경우, 반대쪽 대뇌 반구에서 발생하는 자극을 인지하거나 생각하는 것이 불가능한 것처럼 보인다. 편측무시의 증상으로는 시계 문자판을 그릴 때 한쪽에만 모든 숫자를 배열하는 것과 얼굴의 반쪽만 면도하는 것 그리고 배가 고플 때도 접시 반쪽에 담긴 음식만 먹는 것이 있다(이때 접시를 돌려놓으면, 피실험자는 다시 접시의 다른 반쪽에 담긴 음식만을 먹는다). 심지어 손상을 입은 다른 대뇌 반구 쪽에 사지(팔다리)가 존재한다는 것을 인지하지 못하는 경우도 있다.

뇌의 엽

각각의 대뇌 반구는 전두엽frontal lobe, 측두엽temporal lobe, 두정엽parietal lobe, 후두엽occipital lobe, 등 4개로 이루어져 있다.

- 전두엽은 뇌의 앞쪽에 위치하면서 계획, 예측, 전략, 의지 및 자제력 등과 같은 가장 '지적인' 기능을 담당한다. 전두엽은 또한 수의근의 통제가 주로 일어나는 영역이며, 운동피질motor cortex, 및 일부 언어 통제 영역이 자리 잡은 곳이기도 하다.

수의근: 자기의 의지에 따라 수축시킬 수 있는 근육

- 측두엽은 뇌의 양측에 위치하여, 청각, 후각 신호를 처리하고, 언어를 이해하는 기능에 관여한다. 간질epilepsy과 같이 측두엽 관련 장애가 일어날 경우, 위협, 즉 공포감을 느끼거나, 초자연적인 소리를 듣게 된다.

- 두정엽은 대뇌 상부에 넓게 자리 잡고 있으며, 감각 피질의 중추가 되는 영역으로서 신체의 각기 다른 부분에서 보내오는 감각 정보를 의식적으로 감지하는 기능을 수행한다.

- 후두엽은 대뇌의 뒤쪽에 위치하며, 주로 시각 정보를 처리하는 일에 관여한다.

한 가지 중요한 질문은 뇌의 각기 다른 영역이 어떤 기능을 수행하는지 어떻게 알 수 있는가이다. 뇌 구조에 기반해서 뇌의 기능을 밝히는 것이 신경심리학의 주된 관심사 중 하나다. 신경심리학은 심리학의 한 분야로 신경계nervous system와 뇌 구조와 기능 사이의 관계를 연구하는 학문이다. 오늘날 연구자들은 첨단 뇌 주사brain scanning 및 뇌 영상 기술을 활용해서 살아있는 사람의 다양한 유형의 사고thinking를 한 후 혹은 사고하는 동안의 뇌를 고찰한다. 반면 과거의 연구자들은 죽은 사람의 뇌를 검사해야 했고, 그들이 본 것을 죽은 사람의 병력과 연결 지어야 했다. 이와 관련해서 가장 잘 알려진 사례 중 하나가 피니어스 게이지Phineas Gage(21쪽 참조)이다. 그는 철 막대기가 뇌를 관통하는 사고를 입고도 생존한 사람이다.

뇌의 몇몇 영역의 명칭은 이러한 대뇌 반구들에 발생한 손상과 환자의 구체적인 장애/결함을 밝혀낸 신경학자의 이름을 따서 명명되었다. 일례로 독일의 내과 의사이자 심리학자인 칼 베르니케Carl Wernicke, 1848-1905는 현재 베르니케 영역으로 알려진 뇌 조직에 손상을 입은 환자(예를 들어, 뇌졸중의 결과)가 언어와 의미를 연결하는 능력을 상실할 수 있다는 것을 발견했다. 이 경우 전형적인 말 비빔word salad 현상, 즉 말처럼 들리는 의미 없는 일련의 소리를 나열하는 현상이 일어난다. 프랑스 의사 폴 브로카Paul Broca, 1824-1880의 이름을 딴 또 다른 뇌 조직에 손상이 발생한 경우, 그 반대 현상이 일어난다는 것이 밝혀졌다. 이 경우 환자는 언어를 이해하지만, 발화에 필요한 움직임을 할 수 없다.

뇌의 조직과 기능을 밀접하게 연결할 수 있는 다른 영역들에는 '운동 피질'과 '체성 감각 피질somatosensory cortex'이 있다. 이 영역들이 전두엽과 두정엽의 경계 가까이 위치한 띠 다발 피질strips of the cortex이다. 이 띠 다발 피질의 각기 다른 영역들은 신체 특정 부분의 운동과 감각을 조절한다. 따라서 신체 특정 부분과 뇌 표면의 특정 부분 사이에 직접적인 관계를 연결할 수 있다. 그러나 아마도 대부분의 인지 기능과 뇌의 특정 부분들이 아주 명확하게 연결 지어지지는 않는다. 이와 같은 인지 기능들은 분산되어 있다고 알려져 있는데 이는 이 기능들을 중재하는 기관들이 뇌 전반에 걸쳐 퍼져 있기 때문이다.

뇌의 지형도화

철도 공사의 감독관이었던 피니어스 게이지1823-1860는 1848년 철 막대기가 뇌를 관통하는 폭발 사고를 당했다. 그를 치료한 의사 존 할로우John Harlow는 폭발 사고로 게이지의 성격이 '온전한 정신'의 신뢰할 수 있고, 양심적인 사람에서 입이 거칠고 충동적인 술주정뱅이로 급격히 바뀌었다고 주장했다. 그리고 '그의 지적 능력과 동물적 성향 사이의 균형이 깨진 것처럼 보인다.'라고 말했다.

할로우는 그의 성격 변화를 전두엽 뇌 손상의 전형적 성질과 연관시켰으며, 이 사례는 뇌의 기능과 특정 부위를 연결해서 이해하기 시작하는 계기가 되었다. 할로우의 주장은 전두엽이 현재 '집행 능력executive capacity', 이를 테면 기획, 예측, 자제력, 그리고 '동물적 본능'의 억제 등을 관장한다는 것을 보여 주는 듯했다.

게이지의 사례가 그와 관련해서 논의된 모든 것을 입증하기는 어려울지 모른다. 이는 게이지가 경험한 뇌 손상의 정확한 특징을 증명하기가 어렵기 때문이다. 그런데도 게이지의 사례는 여전히 심리학 전공서에서 인용되고 있으며, 해당 학문의 진화에서 중요한 역할을 한 인물이라는 점은 틀림없다. 그의 사례가 의미 있는 유물론적 논문을 생산하는 데 기여했기 때문이다. 이 논문은 인간의 사고가 뇌와 직접 연결될 수 있는 생물학적 현상임을 주장한다.

의식, 수면, 꿈 그리고 최면

인간의 의식은 각성, 주관성, 그리고 자각self-awareness과 관련이 있으나, 정확한 의미는 의식을 논의하고 있는 맥락에 따라 달라진다. 그러한 맥락은 코마coma, 수면, 그리고 각성wakefulness의 구분처럼 생리학적 맥락에서부터 철학적 맥락, 인간과 동물 혹은 기계적 의식 간의 구분에 이르기까지 다양하다.

이러한 맥락들의 개별 맥락 안에서 의식에 대한 다양한 정의, 수준, 유형이 존재한다. 단 하나의 사례를 제시하자면, 1998년 미국의 철학자 네드 블록Ned Block, 1942-은 '현상적 의식phenomenal consciousness(현상의 직접 경험)'과 '접근 의식access consciousness(직접 경험에 의식적으로 접근, 예: 집중)' 사이의 차이를 밝혀냈다. 이 두 가지는 동시에 일어나는 경우가 많지만 항상 그런 것은 아니다. 일례로 어떤 사람은 시계 종이 늦게 친다는 사실만을 겨우 알게 됐지만, 이내 몇 번의 시계 종이 쳤는지를 말할 수 있다.

각성과 경계

의식을 가장 쉽게 이해하는 방법은 깨어 있는 상태와 수면 상태 그리고 마취 상태나 머리를 세게 가격당해 의식을 잃은 상태 간의 차이를 이해하는 것이다. 마취 상태에 있는 사람은 명백한 무의식의 상태다. 그렇다면 수면 중인 사람은 과연 어떤 상태일까? 신경 심리학자들은 뇌와 신체활동의 생리학적 척도의 관점에서 각성의 정도로서 그 차이를 기술한다. 이 척도들은 심장 박동수, 호흡률, 뇌전도electroencephalography, EEG로 측정한 뇌의 전기적 활동을 포함한다. 이러한 의미에서 각성arousal을 지칭하는 또 다른 명칭은 '경계alertness'이다.

경계alertness는 위상성 각성phasic alertness과 긴장성 각성tonic alertness, 두 가지 중요한 유형으로 이루어져 있다.

- 위상성 각성은 단기 각성으로 다가오는 위협을 감지했을 때 경험할 수 있는 경계심 상승, 집중력, 신체 반응을 예로 들 수 있다.

- 각성alertness or arousal은 의식이 새롭고 중요한 자극을 향하게 하는 데 기여하고, 자극이 지속되거나 반복될 경우 이 자극에 길들거나 익숙해진다. 그리고 외상성 각성은 서서히 가라앉는다. 이는 계속되는 자극에 신체적/육체적 에너지를 허비하는 것을 피하는 데 도움을 주고, 새로운 자극에 쓸 에너지를 비축할 수 있게 한다.

- 긴장성 각성은 내적 각성의 점진적 변화를 의미하는 것으로, 수면 상태에서 각성 상태로 옮겨갈 때 그리고 졸거나 혹은 낮은 정도의 각성 상태에 있을 때처럼 일과 중에 일어난다.

- 이러한 유형의 각성은 주로 망상 활성화계reticular activating system, RAS로 알려진 뇌간의 특정 영역에서 일어나는 전기적 활동으로 통제된다. 만약 특정 동물의 뇌간을 망상 활성화계 아래에서 절단하면 마비가 일어나더라도 각성 상태를 유지하고 정상적으로 잠을 자고 깨어 있을 수 있다. 만약 망상 활성화계 위쪽으로 뇌간을 절단할 경우 이 동물은 지속적인 깊은 수면에 빠진다.

수면

수면은 의식이 중단된 독특한 상태로 외부 자극에 대해 온전히는 아니지만 대체로 반응하지 못한다. 이는 휴식 상태와는 구별되는데, 수면하는 동안 근육은 이완되고, 대사율은 감소하며, 뇌전도EEGS와 같은 뇌 활동 척도들이 특징적인 변화를 보여주기 때문이다. 수면 심리학자들은 수면이 5단계로 이루어져 있다고 주장한다. 눈동자의 빠른 움직임이 감지되는 렘수면REM, rapid eye movement 단계와 그 상태에 이르기까지 4단계의 비렘수면NREM, non-REM이 있다. 비렘수면 단계들에서는 눈동자의 실질적인 움직임은 없다. 일반적으로 수면 중에는 다음과 같은 순서로 그 5단계를 거치게 된다.

- 각성 상태에서 수면 상태로의 전환기. 입면기hypnagogic period로도 알려진 이 시기에는 눈을 감은 후 뇌의 전기적 활동 패턴에 변화가 생긴다. 뇌의 전기적 활동은 뇌파의 형태로 주기적으로 순환한다. 이 주기들은 상대적으로 높은 고주파(베타파Beta Wave)에서 저주파(알파파Alpha Wave)로 변화하는데, 알파파는 긴장이 풀

렸을 때 나타나는 특징이다.

- 비렘수면 1단계: 알파파가 저주파인 세타파Theta Wave로 대체되며, 눈 움직임이 더뎌진다. 심장 박동이 느려지고 근육도 이완되기 시작한다. 이 단계에서는 쉽게 잠에서 깰 수 있다.

- 비렘수면 2단계: 뇌전도 판독기 상에 나타난 패턴에서 보면 뇌는 '수면 방추sleep spindle'로 알려진 1~2초의 짧은 시간에 방출되는 뇌파 활동을 보여 준다. 이 단계에서도 쉽게 잠에서 깰 수 있다.

- 비렘수면 3단계: 가장 낮은 주파수의 델타파Delta Wave가 나타나고, 혈압, 체온, 심장 박동 수가 떨어지면서 외부 자극에 반응할 수 없게 되고, 쉽게 잠에서 깨지 못한다.

- 비렘수면 4단계: 델타파가 뇌 활동을 장악하고, 깊은 수면 혹은 델타 수면에 돌입한다. 이 단계에 이르기까지 약 30분가량이 소요되며, 깊은 수면 상태에서 30분가량을 보내게 되고, 이 상태에서는 쉽게 잠에서 깨지 못한다. 일반적으로 이 단계까지를 하나

의 주기로 거치게 되지만, 1단계부터 다시 시작하지 않고 새로운 단계인 렘수면으로 이동하게 된다.

- 렘수면: 활동 수면active sleep으로도 알려져 있으며, 이 단계에서 뇌는 각성 상태일 때만큼 활동적이며, 눈동자가 움직이지만, 신체의 나머지 부분은 마비된 상태다. 심장 박동 수, 호흡률, 혈압이 상승해서 생리학적으로 상당히 활동적인 것처럼 보이지만, 잠에서 깨는 것이 매우 어렵다. 이 단계는 '역설 수면paradoxical sleep'으로도 알려져 있다. 우리가 꾸는 꿈 대부분은 이 렘수면 상태에서 일어난다.

일반적으로 이렇게 다양한 수면 단계와 수면의 기능이 모두 밝혀진 것은 아니다. 단 하나의 이론이 모든 사실에 정확하게 부합하는 것도 아니다. 예를 들면, 수면이 단지 에너지 절약과 관련이 있다고 한다면, 깨어 있을 때만큼 에너지를 소비하는 렘수면 단계가 있는 이유는 무엇으로 설명할 수 있을까?

> ### 수면의 경계에 있는 잠복자
>
> 각성 상태에 들어갈 때와 비각성 상태로 이동하는 전환기는 각각 '입면기hypnagogic period'와 '출면기hypnopompic period'로 알려져 있으며, 이상한 감정, 인식, 환영과 관련이 있다. 예를 들어, 미지의 존재와 악의적 존재를 감지하거나 목소리를 듣는 것이다. 이는 측두엽에서의 뇌 활동이 증가했기 때문일 수 있다. 측두엽은 피질의 일부 영역으로 그러한 인식과 연관이 있는 것으로 알려져 있다. 아마도 초자연적인 경험이 가장 빈번하게 발생할 때는 잠에 빠져 있거나 잠에서 깰 때다.

꿈

심리학자들은 꿈을 어떻게 꾸는지는 알고 있지만, 왜 꿈을 꾸는지를 설명하기는 훨씬 어려워한다. 그렇다면 꿈에 대해 이제까지 알려진 사실은 무엇일까?

- 일반적으로 성인은 하룻밤에 4~6개의 꿈을 꾸며, 각각의 꿈은 5분에서 30분가량 지속된다.

- 10세 미만 어린아이들은 성인보다 꿈을 적게 꾼다.

- 뿐만 아니라 꿈의 아주 일부분만을 기억해 낼 수 있다. 그러나 꿈은 흔히 감정적인 내용을 담고 있다고 알려져 있다. 일반적으로 불안과 같이 부정적 감정과 관련이 있는 경우가 많다.

- 대부분 꿈은 렘수면 상태에서 나타난다. 렘수면 상태에서 신체는 많은 에너지를 사용하며, 이는 꿈을 꾸는 것이 진화론적 관점에서 몇 가지 이점을 갖고 있어야만 한다는 것을 의미한다. 그리고 이는 하나의 현상을 통해서 강화된다.

- 렘 리바운드REM rebound는 의도적으로 렘수면을 빼앗긴 사람이나 동물에게 렘 결핍이 나타날 때, 잠을 잘 기회가 다시 오면 렘수면 상태에서 더 많은 시간을 보내는 것으로 이러한 결핍을 보완하는 것이다.

- 렘수면과 그것의 두드러진 특성인 꿈은 분명 수면의 특히 중요한 구성요소다. 그러나 꿈의 기능과 이점을 규명하는 일은 상당히 어

렵다는 것이 확인됐다.

고대인들은 꿈의 주요 기능을 힐링(치유)에 있다고 생각했으며, 오늘날에도 많은 심리학자들은 이와 비슷한 생각을 하고 있다. 예를 들어, 심리분석에서 꿈은 '무의식에 다다를 수 있는 가장 쉬운 길(무의식의 작용을 밝힐 수 있는 가장 유용한 도구 중 하나라는 의미)'이라는 지그문트 프로이트Sigmund Freud, 1856-1939의 주장을 이어받아 꿈을 일종의 정신의 모래 상자로 간주한다. 프로이트는 꿈속에서 억압된 두려움과 욕망, 그리고 다른 무의식의 내용을 표출하고 표현하는 것이 허락된다고 주장한다. 정신 분석가들은 이 과정을 통해서 갈등과 불안을 고찰하고 해결할 수 있으므로 이 과정이 중요하다고 믿는다. 그러나 기억할 수 있는 꿈들이 상당히 적기 때문에 정신 치료의 주체로서 꿈의 활용도는 제한적이다.

정신 과정이 컴퓨터 처리 과정과 상당히 유사하다고 보는 '인지심리학'으로 알려진 심리학적 접근법은 꿈(일반적으로 수면과 함께)을 꾸는 것이 학습과 기억을 강화한다고 본다. 꿈에 관련된 인지 이론들은 지식과 기억들을 재현하고 통합하는 것과 쓸모없고

폐기된 기억을 제거하는 데 있어 꿈의 역할에 초점을 뒀다.

최면

'최면hypnosis'이라는 용어는 '수면의 신'을 뜻하는 그리스어 '히프노스Hypnos'에서 유래했다. 최면은 '몽유병somnambulism' 혹은 '수면 보행증sleepwalking'으로 알려진 이 현상에 관한 초창기 연구 경향을 반영한다. 이 용어는 마르퀴스 드 퓌세구르Marquis de Puységur, 1751-1825가 사용한 것이며, 그는 오스트리아 빈 출신 의사 프란츠 안톤 메스머Friedrich Anton Mesmer, 1734-1815를 신봉했다. 메스머는 인간의 의식 상태, 즉 최면 상태mesmerism로 알려진 현상에서 변화를 이끌어내는 데 성공했다. 그러나 메스머는 그렇게 할 수 있었던 자신의 능력이 '동물 자기animal magnetism'라고 불리는 육체적 힘에서 기인한다고 말했다.

동물의 몸에 흐른다고 여기는 '자기'와 비슷한 힘, 최면술의 시술자로부터 방출되는 힘을 말한다.

퓌세구르는 당시 '자기 수면magnetic sleep'으로 알려진 현상에 특별한 관심이 있었다. 일종의 최면의 부작용인 이 상태에서 사람들은 몽유병 환자처럼 행동하고, 가수면 상태에서처럼 수동적이고, 타인의 조종에 쉽게 휘둘린다. 몽유병에 관련된 그의 연구는 후일 스코틀랜드 출신 의사 제임스 브레이드James Braid, 1795-1860에 의해 계속된다. 제임스 브레이드는 '최면'이라는 용어를 만들어내고, 이 현상을 신체적 영역이 아닌 정신적 영역의 문제로 파악하기 시작했다.

최면은 의식의 독특하고 다양한 상태 혹은 유형을 파악하는 것을 가능하게 하는 듯하다. 프로이트는 정신 분석에서 최면을 도구로 사용하려고 했으며, 다수의 학자는 기억력을 강화하고, 행동을 통제하며, 심리적 문제를 해결하고, 육체와 정신의 소통을 강화하는 데 있어서 최면이 효과가 있다고 주장해 왔다(예: 혈압, 혈액 순환, 통증 수용을 정신적/심리적으로 제어할 수 있음). 그러나 최면의 기본 원리에 대해서는 여전히 논란의 여지가 많다. 19세기 후반 프랑스에서 탄생한 두 개의 학파가 상반된 주장을 옹호하고 있으며, 이 두 학파의 이견은 오늘날까지도 좁혀지지 않고 있다.

- **선구적인 정신과 의사 피에르 자네**Pierre Janet, 1859-1947**는 최면**

이 어느 정도의 의식분열을 동반하는 특수한 상태를 유도하고, 정신 혹은 인격의 일부가 활동을 멈추는 동안 나머지는 계속해서 기능한다고 주장했다. 최면과 관련해서는 그의 주장이 여전히 가장 지배적인 관점으로 자리 잡고 있다. 그러나 거의 초창기부터 그의 주장은 반대에 부딪혀 왔다.

• 프랑스의 낭시 의과 대학교수 이폴리트 베른하임Hippolyte Bernheim, 1840-1919은 최면이 특별한 현상이 아니며, 암시와 피암시성(타인의 암시를 받아들여 자신의 의견 또는 태도에 반영하는 것)을 그저 정상적인 정신 과정의 하나라고 주장했다. 최면의 비상태학파 이론non-state theory은 최면을 일종의 최면술사와 피최면자(동일인일 수 있음)의 암묵적인 역할놀이로 보는 관점으로 발전했다.

연구들은 최면에 대한 다수의 일반적인 생각들을 일축했다. 최면으로 기억력을 향상할 수 없으며, 기억을 되살리는 데 최면을 사용하는 것은 잘못됐을 뿐 아니라 잠재적으로 위험하다는 것이 입증됐다. 사람들에게 의지에 반하는 최면을 걸 수 없으며, 피최면자는 최면술사의 통제를 받지 않는다.

감정

뇌 구조는 진화의 차원에서 묘사되는 경우가 많다. 이와 같은 논의에서는 변연계와 뇌간과 같이 비교적 깊숙한 하부 구조를 뇌의 '원시적' 혹은 '동물적' 영역으로 간주한다. 이와 비슷하게, 이러한 뇌 구조의 기능들은 인지의 위계에서 하위에 위치하며, 본능, 충동, 감정을 인간의 심리에서 동물적 혹은 원시적 영역으로 간주했다.

감각 기관sensory organs은 바깥세상에 관한 정보를 뇌로 보내고, 시상과 같은 뇌 구조에서 이러한 감각 자극의 초기 처리가 이루어진다. 시상은 특히 주목할 만하고 특징적이며, 잠재적으로 중요한(위험하거나 유용한) 자극들이 '현저성' 자극으로 '분류'된다(관심이나 조치를 요구하는 자극으로 표시됨). 시상은 '편도체'(작은 아몬드 모양의 기관으로 뇌간 상부에 위치한다)에서 피질까지 연결되어 있다. 피질에서 상대적으로 고차원적인 처리를 통해 입력된 감각 정보의 세부사항을 처리하지만, 이즈음에 감정적 반응은 이미 활동을 시작했다.

이러한 반응들은 무엇일까? 감정은 다음과 같은 세 가지 구성 요소로 이루어져 있다.

- 감정, 사고, 및 추억을 비롯한 주관적인 경험
- 자율 신경계와 호르몬을 조절하는 내분비계에서 일어나는 생리적 변화를 포함한 본능적 감정 상태visceral state
- 결합된 행동associated behaviors

이러한 구성요소들이 어떤 순서로 일어나고, 어떤 것이 원인이고 어떤 것이 결과일까?

얼마나 많은 감정이 존재할까?

심리학이 과학의 하나로 출발한 이후, 심리학자들은 감정을 범주화하고 수량화하는 시도를 해 왔다. 가장 영향력 있는 시도 중 하나는 미국의 심리학자 폴에크만Paul Ekman, 1934-의 연구로 그는 사진 속 표정의 인식 및 반응에관한 비교 문화 연구를 수행했다. 그는 행복, 혐오, 놀람, 슬픔, 분노 및 두려움 등 총 6가지 주요 감정을 파악했다. 또 다른 미국의 심리학자 로버트 플루치크Robert Plutchik, 1927-2006는 4개의 쌍으로 이루어진 상반된 주요 감정이 배열된 감정의 바퀴emotion wheel를 고안했다. 바퀴 속의 상반된 감정들은 즐거움/슬픔, 혐오/수용, 두려움/분노, 놀라움/기대로 이루어져 있으며 좀 더 복잡한 이차적 감정이 발산된다.

우리는 웃고 있어서 행복한 것일까?

감정에 관한 통념은 어떤 무엇이 우리를 행복하게, 또는 슬프게, 혹은 화나게 만들어서 우리의 몸이 거기에 맞게 반응한다는 것이다. 다시 말해 이는 심리적 상태가 생리적/육체적 반응을 촉발한다는 뜻이다. 그러나 미국의 선구적 심리학자이자 철학자인 윌리엄 제임스William James, 1842-1910와 덴마크 의사 칼 랑게Carl Lange, 1834-1900는 각각 이러한 생각을 근본적으로 뒤집어엎는 이론을 주장했다. 오늘날 '제임스-랑게 이론James-Lange theory'으로 알려진 이들의 주장에 따르면 감정의 주관적 느낌은 실제로는 생리 상태와 행동에 뒤이어 오는 결과이다. 우리의 고등 능력들은 사실이 존재한 이후에야 본능적인 신체 반응을 해석한다. 이와 관련해 제임스는 "울고 있어서 슬픈 것이고, 공격하기 때문에 화가 나는 것이고, 떨고 있어서 두려운 것이다."라고 말했다.

비평가들은 제임스-랑게 이론이 각각의 감정 상태에서 일어나는 생리적 각성의 구체적이고 독특한 패턴이 있을 때만 유효하다고 지적한다. 그러나 사실은 그렇지가 않다. 다양한 감정 상태 간의 생리적 각성 패턴은 대체로 유사하다. 예를 들어, 분노와 공포는 모두 심장 박동 수와 혈압 증가, 동공 확장, 가쁜 호흡, 근육에 유입되는 혈액의 증가와 관련이 있다. 1962년 미국의 심리학자 스탠리 샥터Stanley Schachter, 1992-1997는 인지 낙인 이론cognitive labelling theory을 제안하면서 생리적 각성은 감정을 경험하는 시발점이지만 그 감정의 실제 특성은 이 각성을 어떻게 인식하느냐에 달려 있다고 주장했다.

기억과 사고에 대해 우리가 알아야 할 것

사고, 기억, 그리고 언어는 모두 심리학자들이 말하는 '인지cognition'를 구성하는 형식들이다. 인지를 심리학의 주요 관심사로 보는 것은 분명하지만, 어떤 면에서는 정신의 과학적 연구라고 주장하는 심리학에 실존적 위협을 가한다. 타인의 머릿속에서 실제 무슨 일이 일어나고 있는지를 어떻게 알 수 있을까? 과연 우리는 우리 자신의 사고과정을 이해할 수 있을까?

내면의 탐구

심리학은 1879년 독일의 의사 빌헬름 분트Wilhelm Wundt, 1832-1920가 라이프치히 대학에 실험심리연구소Institute for Experimental Psychology를 개소하면서 독립된 학문의 길을 걷기 시작했다. 타인의 사고를 객관적으로 관찰하는 것이 불가능하다는 것, 즉 '주관성'의 문제를 해결하기 위한 분트의 해결책은 '내성법introspection'이었다. 내성법은 개인이 자신의 사고 과정에 대해 객관적으로 보고하는 방법이다.

분트는 과학적인 사고를 하는 사람이라면 충분히 훈련을 통해서 자신의 내면을 냉정하고 과학적으로 정밀하게 관찰할 수 있다고 믿었다. 그러나 이 접근법의 본질적 오류를 미국의 심리학자 존 B. 왓슨John B. Watson, 1878-1958이 1913년 그의 기념비적인 논문 〈행동주의자가 보는 심리학Psychology as the Behaviorist Views It〉에서 거세게 비난했다.

왓슨은 인간의 내면을 과학적으로 연구하는 것은 불가능하며, 유일하게 유효한 연구는 관찰이 가능한 것, 즉 행동뿐이라고 주장했다. 이를 바탕으로 하는 학파를 오늘날 '행동주의 심리학파'라고 부른다. 이후 수십 년간 행동주의 심리학은 주류로 자리를 잡았으나, 일찍이 몇몇 연구자들은 인지에 대한 깊은 통찰이 가능하다는 것을 입증하는 증거들을 제시했다. 이러한 씨앗에서 현재 '인지심리학cognitive psychology'으로 알려진 학문이 싹텄다. 인지심리학의 접근법은 독창적이고 실험적인 방법과 정보 처리 모델을 결합하는 것이다. 1940년대 등장하기 시작한 컴퓨터 과학의 개념들을 바탕으로 한 이 모델은 인간의 사고를 처리 장치로 본다. 이때 처리 장치는 지각 자극이나 기억과 같은 입력 정보를 기반으로 작동해서 출력 정보(인지 및 행동)를 생산한다.

리틀 앨버트

행동주의 심리학은 과학이라기보다는 도그마dogma(독단적인 신념이나 학설)에 더 가깝다는 비판을 받았다. 그리고 심리학 연구의 역사에서 이러한 비판의 적절성을 잘 보여 주는 가장 악명 높은 일화가 하나 있다. 존 B. 왓슨의 가장 유명한 '리틀 앨버트Little Albert'실험은 조건화에 관한 실험이다. 그는 개들에게 종소리를 들려주는 자극을 주어 침을 흘리게 한 러시아 과학자 이반 파블로프Ivan Pavlov, 1849-1936의 조건화(훈련 또는 교육) 실험에서 영감을 얻었다. 왓슨은 같은 과정을 인간에게도 적용 가능하다는 것을 보여 주기를 원했다. 이를 위해 왓슨은 오늘날 윤리적 비판을 받는 실험에서 '리틀 앨버트'로 유명한 9개월 된 영아 앨버트 B를 훈련하기 시작했다.

왓슨은 앨버트가 흰쥐와 불쾌한 충격(큰 소음)을 연관 지을 수 있게 조건화를 시도했고 어린아이가 쥐를 보거나 혹은 흰털이 있는 것, 예를 들어 토끼, 산타클로스의 모자, 심지어 왓슨의 수염만 봐도 고통스러운 반응을 보였다고 주장했다. 나중에 밝혀진 바에 따르면 이 영아는 더글러스 메리트Douglas Merritte로 뇌수종을 앓은 후 인지 장애를 겪었으며, 결국 6세에 사망하기에 이르렀다. 왓슨이 더글러스를 선택한 이유는 이 어린아이가 쥐와 같은 자극에 대한 선험적(대상에 대한 인식이 선천적으로 가능하다) 반응, 즉 연구를 무효화시킬 수 있는 교란 변수가 작용할 가능성이 상대적으로 낮았기 때문이다. 이후 왓슨은 오류가 있었다는 것을 알면서도 '리틀 앨버트' 연구를 바탕으로 자신의 커리어를 구축해 나갔다.

집중

인지 그리고 의식 자체에 대한 가장 직접적이고 명백한 발현은 바로 우리가 어떤 순간에도 무언가를 생각하거나 집중하고 있다는 것이다. 집중은 '의식'의 핵심으로, 인지 심리학자들이 실제로 의식보다 좀 더 광범위하지만, 종종 다루기 어려운 개념을 대신하는 용어로 사용했다.

섀도잉

음향공학자 콜린 체리Colin Cherry, 1914-1979는 1953년 사람들이 자신들이 들은 청각 정보를 어떻게 처리하는지, 그리고 다중의 통로 혹은 경로를 통해서 정보가 유입될 때 어떤 일이 일어나는지를 고찰하기 위해서 독창적인 실험을 설계했다. 이 실험은 항공교통관제사와 같은 직업군들의 지대한 관심을 받았다. 관제사는 중요하지 않은 소리나 말을 여과하고, 가장 중요한 혹은 가장 두드러진 정보에만 집중해야 되기 때문이다.

그 실험은 다음과 같다.

- 실험 참가자들은 양쪽 귀에 서로 다른 청각 정보가 유입되는 헤드폰을 착용했다. 체리 박사는 참가자들에게 이 정보 중 단 하나만을 처리하고, 오직 하나의 정보 경로에만 정신을 집중해서 자신들이 들은 말을 큰 소리로 따라 하는 '섀도잉shadowing'을 요청했다.

- 나중에 이 참가자들이 반대쪽 귀로 유입된 음향 정보에서 들은 것을 처리했는지를 알아보기 위한 테스트를 거쳤다.

- 참가자들은 관심을 두지 않았던 경로에서 유입된 정보에 대해 아무것도 보고하지 못한 것으로 드러났다. 유입된 정보가 단순히 낱말로 이루어진 것인지, 신호음만으로 이루어진 것인지, 화자의 성별이 무엇인지는 알 수 있었다. 하지만 메시지를 거꾸로 보내든 한 단어를 반복하든 상관없이 발화된 언어가 무엇인지는 파악하지 못했다.

이와 같은 연구는 1958년 영국의 심리학자 도널드 브로드벤트Donald Broadbent, 1926-1993의 인지 과정이 포함된 연구모델을 구축하는 후속 연구로 이어졌다. 브로드벤트의 모델은 인지심리학의 중심이 된 개념적 패러다임인 상자와 화살표로 이루어진 순서도를 이용해서 청각 정보의 다중 유입 경로를 보여 주고, 여과기로 작동하는 집중 '모듈module'이 가장 두드러진 정보를 선별한다. 그 다음 이 정보는 상위 수준의 처리를 담당하는 피질로 이동한다.

브로드벤트의 모델에서 가장 두드러진 정보를 제외한 모든 유입 경로는 차단되지만, 이는 인지심리학에서 가장 잘 알려진 현상 중 하나를 설명하지는 못한다는 것을 의미했다. 칵테일 파티 효과(사람들이 파티에서 시끄러운 주변의 소음을 걸러내고 한 사람의 목소리에만 집중할 수 있는 현상)로 알려진 이 현상은 체리 박사가 최초의 연구를 시작하는 데 계기를 제공했다. 브로드벤트의 모델을 수정한 모델들은 칵테일 효과를 설명하기 위해서 반드시 작동해야 하는 전의식preconscious 혹은 잠재의식subconscious에 대한 검증을 수용하기 위해 추가적인 정보 처리 절차와 부분적 여과 기능을 더했다.

보이지 않는 고릴라

1959년 한 실험에서 영화가 시작하기 전 예고편을 보고 있는 극장 관람객 중 3분의 1이 귀신 분장을 하고 무대 중앙을 가로질러 걸어가는 남성을 알아차리지 못했다. 1999년 다니엘 사이먼스Daniel Simons와 크리스토퍼 차브리스Christopher Chabris는 이 실험을 보완한 후속 실험을 수행했다. 이 최신 실험에서 참가자들은 농구 경기 비디오를 보면서 두 선수 간에 패스가 몇 회 일어나는지 셀 것을 주문받았다. 패스 횟수를 세야 하는 임무를 부여받은 참가자들 중 약 50% 정도가 경기 중간에 고릴라 의상을 입은 사람이 농구 코트 위를 가로질러 걸어가는 것을 인지하지 못했다. '눈에 보이지 않는 고릴라' 실험은 '부주의맹inattentional blindness'이라는 현상을 구체적으로 보여주는 사례이다. 부주의맹이란 우리가 의식하고 주의를 기울일 때만 눈에 보이고 그렇지 않을 때는 볼 수 없는 현상을 말한다.

기억의 기본 원리

기억은 지식과 경험을 유지할 수 있는 능력을 말한다. 이것은 인간 정신의 핵심이자 정수가 되는 요소 중 하나이며, 인류가 세운 모든 업적을 가능하게 한 초석이다. 영국의 신경생리학자 콜린 블레이크모어Colin Blakemore, 1944-는 '기억이 없다면, 언어도, 예술도, 과학도, 문화도 존재하지 않을 것'이라고 주장했다. 문명 자체는 인간 기억의 결정체다.

뇌 조직과 기억

기억은 저장과 상기를 해야 하며, 어느 시점에서 뇌 대부분은 이 두 가지 과정에 관여한다. 가장 중요한 영역은 다음과 같다.

- 뇌간 위쪽에 있는 시상은 유입되는 감각 자극의 초기 처리 및 통합의 중심지 역할을 한다. 시상은 뇌에 도착한 정보의 첫 기항지

일 뿐 아니라 각기 다른 정보원에서 유입되는 정보를 통합하고, 이 정보를 나머지 뇌의 적절한 뇌 조직으로 전달한다. 또한 감각 기관에서 온 정보가 지나가는 통로로서 감각을 입력하는 작업을 할 때 중요한 역할을 한다.

- 해마hippocampus는 변연계 일부로서 새로운 기술의 습득, 새로운 사실의 학습, 얼굴과 장소의 기억 등 기억의 다양한 측면에서 중요한 역할을 한다. '단기 기억' 혹은 '작업 기억'으로 알려진 기억 유형에 특히 중요하다.

- 편도체amygdala는 감정을 생산할 때 중요한 역할을 하며, 기억 형성에서는 감정 정보 혹은 의미가 포함된 기억들을 분류하는 데 도움을 준다.

대뇌 피질은 기억을 저장하는 곳으로 알려져 있으나, 기억을 저장하는 세부과정은 상당히 복잡하고 명확하지 않을 수 있다. 1960년대 이전에는 특정 기억이 피질의 특정 영역에 있는 신경세포의 특정 네트워크를 통해서 뇌에 기록되고, 피질 밖으로 나간 특정 기억의 물리적 흔적을 잘라낼 수 있기 때문에 해당 기억을 지울 수 있다고 생각했다.

1960년대 뇌수술을 받은 환자들의 연구가 진행됐다. 모든 환자는 뇌 표면(피질)이 노출된 수술 중에도 의식을 잃지 않았다. 외과의들은 작은 전극으로 피질을 자극해 기억을 작동시켰지만, 완전히 다른 부분을 자극해도 같은 기억을 작동시킬 수 있다는 놀라운 사실을 발견했다. 이 연구에서 기억을 저장하는 신경 세포 네트워크가 하나의 장소에 국한되어 있지 않고 피질 및 뇌의 다른 영역에 걸쳐 분산되어 있다고 상정한 '분산 처리 모델distributed processing model'을 개발했다.

칼 프리브람의 홀로노믹 뇌 이론

오스트리아계 미국인 신경외과 의사이자 정신과 의사 칼 프리브람Karl Pribram, 1919-2015은 1969년 '홀로노믹' 뇌 모델을 통해 이 이론을 한 단계 발전시켰다. 홀로노믹 뇌 모델은 뇌 속의 기억들이 홀로그램과 비슷하다고 상정한다. 일반 사진과 비교했을 때 홀로그램이 원래 이미지를 기록하는 방식은 상당히 다르다. 사진의 경우, 사진의 각각 영역은 원래 이미지와 같은 영역의 정보만을 기록한다. 만약 사진을 4등분으로 나누면, 4분의 1에 해당하는 부분은 본래 이미지와 같은 4분의 1에 해당하는 부분만을 기록하게 된다. 그러나 홀로그램에서는 홀로그램 표면의 모든 점이 원래 이미지 전체의 기록을 담고 있어서 홀로그램 하나를 산산이 조각내더라도, 여전히 조각 하나에는 원래 이미지의 전체가 기록되어 있다. 그러나 전체 이미지와 비교했을 때 선명도는 낮아진다.

프리브람은 하나의 이미지가 홀로그램에 저장되는 방식과 유사한 방식으로 뇌에 기억이 저장된다고 주장했다. 따라서 뇌 전체에 걸쳐 기억이 저장되고, 뇌의 아무 영역을 활용해서 본래 기억을 재구축할 수 있다. 그러나 또렷한 선명도를 가진 기억을 다시 불러오기 위해서는 뇌의 전 영역을 활용해야 한다. 각각의 기억은 서로 다른 홀로그램이다. 즉 뇌는 다중의 홀로그램 영역으로 이루어져 있다는 프리브람의 주장으로 이 홀로노믹 뇌 모델은 단순한 홀로그램이라기보다는 홀로노믹에 해당된다고 평가받는다.

프리브람의 이론은 노화나 음주에서 비롯된 뇌의 손상 부위들이 어떻게 기억의 완전 상실이 아닌 기억의 저하로 이어질 수 있는지, 그리고 때때로 우리가 한 장면의 특정 부분들을 전혀 기억하지 못하거나, 일부만이 아닌 어떤 장면들이나 일화들을 전반적으로 희미하게 기억하는 이유를 설명해 준다. 그러나 그 정반대도 일어난다. 바닷가에서 처음 먹어본 아이스크림의 맛을 완전히 또렷하게 기억하면서도 처음 바닷가에 갔던 일은 전혀 기억하지 못할 수 있다. 그러므로 프리브람의 이론으로 전부를 설명할 수는 없다.

기억의 방식

가장 중요하고 영향력이 큰 기억 모델 중 하나는 '모달 모델modal model'이다. 모달 모델에 따르면, 기억에는 세 가지 주요 방식이 있다. 감각 등록기sensory register, 단기 기억shor-term memory(작업 기억working memory), 그리고 장기 기억long-term memory이다.

감각 등록기

감각 등록기는 일종의 사고 정보 교환소clearing house 같은 곳으로 뇌에 처음 도착한 정보를 저장한다. 컴퓨터의 플래시 메모리와 같다.

- 각각의 감각 상태는 각자의 감각 정보 등록기를 갖고 있으며, 다른 유형의 감각 상태는 각기 다른 저장 공간을 갖는다. 그러나 모든 감각 상태는 단기간만 정보를 저장한다.

- 예를 들어 시각 등록기는 인지과학의 전문 용어 '아이콘icon'으로 알려진 이미지를 0.5초 미만으로 저장한다. 청각 등록기에 저장된 정보 항목들은 '에코echo'라고 부른다.

- 감각 등록기는 버퍼와 같은 역할을 하면서 막대한 양의 정보를 전의식 상태에서만 일시적으로 저장하는 것을 허용한다. 이 정보 중 대다수는 중요하지 않거나, 집중을 방해하기 때문에 1차 사고 처리 단계가 진행 중이더라도 우리의 의식이 감각 정보 과다

의 어려움을 겪지 않게 해 준다.

- 감각 등록기의 정보는 1차 인식 및 분석 과정, 예를 들어 '패턴 인식'과 같은 과정을 거친다. 패턴 인식 과정에서 뇌는 감각 정보와 기억에 저장된 기지 패턴을 잇는다.

- 감각 등록기에 임시로 저장된 다량의 정보 중 극히 일부만이 다음 기억 단계인 단기 기억으로 옮겨간다. '미가공' 데이터는 집중이라는 체제를 통해서 걸러진다.

단기 기억

단기 기억은 즉시 사용해야 하는 정보를 저장하는 곳이다. 이것은 가끔 '사고의 작업 공간'이라고 묘사되며, 단기 기억의 또 다른 명칭인 '작업 기억'에 실질적인 측면이 잘 반영되어 있다. 단기 기억이 가동 중임을 보여 주는 전형적인 사례는 누군가 당신이 필요로 하는 전화번호를 말해 줄 때다. 우리는 일련의 숫자로 이루어진 전화번호를 필요한 순간에만 기억한다. 단기 기억에 저장된 정보는 수명이 한정돼 있다. 정보를 계속해서 반복 사용하지 않으면 혹은 마음속으로 되뇌지 않으면 몇 초 안에 사라지거나 희미해진다. 단기 기억 상실을 유발하는 또 다른 과정은 신정보가 구정보를 밀어내버리는 방해가 있다.

짧은 기간 동안 기억할 수 있는 정보량에 관한 다수의 실험에 따르면, 유입되는 정보의 구성 방식이 다르면 저장할 수 있는 정보의 양이 늘어난다(예: 목록화된 단어와 함께 일련의 이미지가 유입될 경우가 단순히 단어로 이루어진 목록들보다 저장하는 정보의 양이 더 많다). 이는 실제로 단기 기억이 몇 개의 다양한 유형 혹은 하부 조직으로 이루어져 있다는 것을 시사한다.

- 가장 중요한 단기 기억은 시각 이미지를 저장하는 기억과 언어 혹은 청각 정보를 저장하는 기억이다.

- 첫 번째는 '시공간 메모장'으로 알려져 있다. 이것은 깨끗한 인지 화이트보드와 비슷하다. 이곳에는 이미지나 심상 지도 혹은 인지 지도가 저장돼 있어서 사전 기획과 같은 다른 인지 기능이 이

정보를 사용할 수 있다.

- 단기 기억 중에서 가장 잘 알려진 하부 조직은 청각 정보의 단위 혹은 음소phonemes를 저장하는 음운 고리phonological loop다. 일반적으로 이것은 말을 구성하는 음절syllables을 의미하지만, 숫자나 단순 소음도 포함된다.

- 음운 고리 그 자체는 두 가지 요소로 이루어져 있다. 하나는 2초 정도 정보를 저장하는 음운 저장소이고, 또 다른 하나는 시연 장치로 이곳에 저장된 정보를 고리의 형태로 계속해서 반복하게 되지만, 실제로 해당 단어/소음을 발화하지는 않는다. 이러한 방법을 통해 지속해서 저장소에 보관된 정보를 상기시키고 정확성을 가진 정보로 자리 잡게 만든다. 이러한 정보의 정확성은 예를 들어, 의미와 소리를 연관시키거나 새로운 단어를 학습하는 것과 같은 언어 능력의 적합한 작동에 상당히 중요하다.

- 시공간 메모장과 음운 고리 이외에도, 의미, 향기, 청각 장애인들이 사용하는 수화를 처리하는 단기 기억의 독립적 하부조직의 존

재 가능성을 뒷받침하는 증거들이 있다.

부호화

정보가 단기 기억에서 장기 기억으로 전환되기 위해서는 부호화encoding가 필요하다. 부호화는 하나의 기억을 장기간 보관할 것인지 아니면 서서히 사라지면서 영원히 없어져 버릴 것인지를 결정한다. 또한, 얼마나 오랫동안 안전하게 정보를 보관할 것인지도 결정한다. 어떤 형태로 저장하고 상기할 것인지, 그리고 나중에 얼마나 쉽게 해당 정보를 불러올 수 있는지도 결정한다. 그렇다면 단기 기억이 장기 기억으로 바뀔지에 대한 여부를 결정하는 것은 무엇일까?

두 가지 중요한 과정은 바로 '집중'과 '시연'이다. 어떤 면에서 중요하고 주목할 만한 단기 기억의 항목, 즉 흥미롭고 중요하면서 긍정적이든 부정적이든 감정적으로 고조된 정보는 우리의 관심을 끈다. 그러한 정보를 보관하기 위해서 단기 기억은 시연이라는 과정을 시작한다. 임시 정보 저장소인 단기 기억은 지속해서 해당 정보를 상기하여 사라지는 것을 방지한다. 만약 이 과정을 충분히 오랜 시간 지속할 경우 장기 기억으로 이전하는 과정이 진행된다.

하나의 기억이 장기 기억 저장소에 들어가기 위해서는 반드시 부호화가 필요하다. 즉 나중에 다시 조립되어 해당 기억을 회수할 수 있도록 기억을 구성하는 요소들이 하나의 세트로 기록되어야 한다.

- 부호화는 단순히 하나의 과정만으로 이루어진 것이 아니다. 서로 다른 저장의 단계마다 여기에 상응하는 각기 다른 부호화 단계가 있다.

- 기억을 처음 부호화하는 과정에서는 일종의 중간 기억 저장소로 기억이 보내지고, 여기에서 짧게는 한 시간에서 길게는 며칠 동안 머문다. 만약 이 기억 정보를 어떤 방식으로든 사용하거나 마음속에서 불러오거나 또는 해당 기억을 유발한 원래 자극이 재활성화될 경우 추가적인 부호화가 이루어지고, 더 오랜 시간 저

장할 수 있는 곳으로 이동할 수 있다.

- 그러나 부호화가 모두 동일하게 효과적인 것은 아니다. 부호화를 위해서는 해당 기억과 다른 기억들을 구성하는 요소들, 또는 뇌 속에 이미 존재하는 기억의 요소들을 연결해야 한다. 만약 그러한 연결이 이루어지지 않으면 부호화가 피상적으로 이루어진다고 알려져 있다.

- 반면 심화된 부호화가 이루어지면 새로운 기억과 기존의 기억들 사이에 강한 연결이 다발한다. 그러므로 만약 그것이 당신의 어린 시절을 생각나게 하거나 특별히 로맨틱한 날을 기억할 경우, 이 기억이 그날의 사랑이나 관계와 관련 있는 무수히 많은 다른 연상들과 동시에 결부 지어 당신이 해변을 방문했던 날을 기억나게 할 가능성이 더 크다.

매직 넘버

인지심리학의 근간이 된 연구 중 하나는 하버드 대학의 심리학과 교수 조지 밀러George Miller, 1920-2012의 연구다. 그는 자신의 1956년 논문 〈마법의 수 7±2Magical number 7 plus or minus 2〉에서 단기 기억의 평균 용량(단기 기억이 저장할 수 있는 정보의 조각 혹은 덩어리의 수)는 개인 간의 차이로 인해서 7 더하기 혹은 빼기 2임을 입증했다. 어떤 사람들은 짧은 시간에 최대 9개의 정보를 기억할 수 있는 반면, 같은 시간에 5개의 정보만 기억할 수 있는 사람도 있다. 또한 숫자, 이름, 글자 등으로 이루어진 목록을 살펴보고 그것을 나중에 암송해 보라고 하면 대다수의 사람들은 목록에 있던 항목들 중 일부를 잊어버리기 전에 7개 항목만을 기억해서 말할 수 있다. 이러한 방법으로 개인이 기억할 수 있는 숫자의 개수는 '숫자 암기 범위digit span'라고 알려져 있다. 이 매직넘버Magic Number는 단순히 숫자에만 적용되는 것은 아니다. 이 수는 낱말, 개념, 이미지, 소음, 음표와 같이 개별 정보의 덩어리 혹은 뭉치로 나눌 수 있는 모든 정보에 적용 가능하다.

밀러의 연구가 발표된 이후, 전화 회사들은 지역 번호를 제외하고 전화번호가 최대 7자리 이상 넘지 않도록 만들었다. 심지어 오늘날에도 대다수 휴대전화의 전화번호는 공통으로 앞에 오는 숫자 다음에 6자리 숫자로 이루어져 있다.

• 예를 들어, 수학 방정식이 도출된 방법을 이해할 경우 이를 기억

할 가능성이 더 크다. 이 경우 강력한 연상 작용 때문이거나 충분한 이해를 위해서는 요소들을 상호 연결하는 과정이 필요하므로, 등식에 대한 기억에 좀 더 강한 부호화가 이루어진다. 강력한 부호화가 일어난 기억들이 좀 더 안정적으로 저장되고 불러오기도 더 쉽다.

장기 기억

장기 기억에는 두 가지 중요한 기억인 '서술 기억declarative'과 '절차 기억procedural'이 있다. 이는 명시적 기억explicit memory'과 '비명시적 기억implicit memory'이라고도 부른다. 서술 기억 혹은 명시적 기억은 자신이 알고 있다는 것을 아는 기억을 말한다(예를 들어, 사람의 이름, 휴가 간 장소, 빵 한 덩어리 가격, 열쇠를 둔 장소 등). 그것은 때로는 '~라는 것을 안다'로 기술되기도 한다. 이러한 범주의 기억은 '의미 기억semantic memory'과 '일화 기억episodic memory'으로 좀 더 세분할 수 있다.

- 의미 기억은 사실, 숫자, 이름, 낱말, 그리고 사물이나 동물을 기억

하는 능력으로 의미에 연결된 기억을 포함한다. 의미 기억을 통해서 세상을 이해하고 언어를 이해하는 것이 가능하므로 없어서는 안 된다.

- 일화 기억은 사건, 시나리오, 상황 등과 같이 이미 일어난 일들로 이루어져 있다. 이 범주의 기억은 자신에게 일어났던 사건에 대한 기억, 즉 자전적인 기억을 포함한다. 자신의 정체성을 인지하는 데 꼭 필요하다.

절차 기억 혹은 비명시적 기억은 기술, 능력, 혹은 절차에 필요한 기억이다. 즉, 수행 방식을 생각하지 않고도 할 수 있는 일을 말한다(예를 들어, 걷기, 자전거 타기, 양치질하기 등). 이 기억은 '하는 방법을 아는 것'으로 기술되기도 한다. 절차 기억은 서술 기억과는 다른 별개의 기억 체계인 것처럼 보인다. 서술 기억을 잃어버린 기억 상실증 환자들도 절차 기억은 그대로 가지고 있는 경우가 많다. 새로운 서술 기억을 형성할 수 있는 능력을 상실한 전향 기억 상실anterograde amnesia 환자들은 여전히 새로운 기술을 배울 수 있다. 그러나 자신들이 그렇게 했다는 사실은 기억할 수 없다.

건축으로서의 기억

기억은 단순히 반복해서 작동하거나 매번 똑같은 반응을 하는 작은 컴퓨터의 루틴이 아니다. 또한, 반복적인 노출을 통해서 똑같은 이미지를 얻을 수 있는 사진의 음화 필름도 아니다. 기억은 과거를 의미하는 요소들로 구축된 현재의 정신적 경험이다. 예를 들어, 아이스크림을 먹는 기억은 단맛, 차가움 등과 같은 심적 표상으로 만들어진다. 달리 말하면 기억은 원경험의 재구성이다. 그리고 어떤 경험을 기억하는 것은 원경험처럼 보이도록 구축된 가상의 경험을 갖는 것과 비슷하다. 이는 기억을 믿을 수 없는 이유와 우리가 같은 사건을 다르게 기억하는 이유를 설명한다. 오귀인misattribution으로 알려진 현상으로 인해서 절대 일어나지 않았던 일조차 일어난 일로 기억하는 것이 가능하다. 흔한 사례 중 하나는 TV에서 본 일을 실제 우리에게 일어난 일로 기억할 수 있는 것이다.

망각

망각forgetting은 단기 기억의 소멸 혹은 방해에서부터 단기 기억에서 장기 기억으로의 부호화 실패에 이르기까지 개괄한 기억 과정에서 어떤 단계에서의 실패를 의미한다. 또한 뇌 속에 저장돼 있음에도 특정 기억을 회수하거나 회상하지 못하는 경우도 포함된다. 여기 간단한 사례를 소개하고자 한다. 범주의 예들을 기억한 다음 그 예들을 적어 보라는 요청을 받는다. 빈 종이를 받은 사람들은 몇 가지 예를 기억하는 데 실패했을지 모르지만, 범주 제목으로 이루어진 목록을 받은 그들은 조금 전에는 잊어버린 것처럼 보였던 예들을 기억하는 데 성공한다. 좀 더 극단적인 사례는 어떤 사람이 열성 섬망을 앓고 난 다음부터 어린 시절 이후 사용해 본 적 없는 외국어를 유창하게 말하기 시작하는 경우다. 그러한 사례들은 어떤 것을 진정으로 망각했는지에 대한 의문을 제기한다.

망각에 대한 또 다른 이론은 프로이트식 접근법으로 망각을 동기화된 과정으로 보는 것이다. 예를 들어 망각을 잠재의식이 여러 가지 이유로 인해 의도적으로 기억을 억압하는 과정으로 본다. 그러나 망각이 기억 흔적memory trace(경험한 내용의 여운으로서 보존되어 있는 것)의 실질적인 상실 때문인지 아니면 기억의 회수 실패로 인한 것인지와 무관하게, 일반적으로 망각은 중요하거나 유용한 기억을 선택한다. 그리고 덜 중요한 정보의 덩어리에 의해 더 중요한 정보가 가려지지 않게 하는 하나의 메커니즘으로서 진화적인 측면과 적응의 측면에서 이점을 갖고 있다고 알려져 있다.

언어와 사고

고대 그리스의 역사가 헤로도토스Herodotus, c.485-425 BC는 언어의 기원을 연구한 이집트의 파라오 프삼티크Psammetichus, 재위 664-610 BC에 대한 이야기를 기록한 최초의 역사가 중 한 명이었다. 그는 한 실험에서 태어날 때부터 말을 듣지 못하고 자란 어린아이들은 언어에 대한 경험이 없었다고 기록했다. 나중에 무굴제국의 황제 악바르Akbar, 1194-1250, 신성 로마 제국의 프리드리히 2세Frederick II, 1194-1250, 스코틀랜드의 제임스 4세 왕James IV, 1566-1625에 대해서도 같은 이야기가 전해진다.

이 지도자들은 특정 형태의 언어가 인간의 뇌에 저장되어 있는 것이 분명하다는 가정하에 기초적인 혹은 원시적인 언어의 특성을 연구했다고 알려진다. 벙어리 목동과 양들을 친구 삼아 한 섬에 갇혀 살았던 스코틀랜드 어린아이들은 히브리어를 사용했다고 알려져 있다. 그러나 이와 관련해서 스코틀랜드 출신 작가 월터 스콧 경Walter Scott, 1771-1832은 미심쩍어하면서 이렇게 말했다. "아이들은 그들을 돌봐주는 벙어리 양치기들처럼 비명을 지르거나 섬에 사는 염소나 양들처럼 매에 하고 울었을 가능성이 더 크다." 무관심 속에서 언어에 노출하지 않고 야생에서 아이를 양육하는 방식을 포함한 이러한 유형의 자연 실험natural experiment 은 스콧의 직관을 입증해 주고, 언어가 자발적으로 발생하는 것이 아님을 보여 준다.

연구 설계 단계에서 제어 실험을 수행하기 어려울 것으로 판단되는 경우에 주로 고려되는 방식이다.

말 없는 사고

심리학의 일부 학파는 언어가 사고를 좌우하거나 결정한다고 주장해 왔으며, 이들의 견해는 언어 결정론linguistic determinism으로 알려져 있다. 언어 결정론을 옹호하는 학자 중에는 행동주의 심리학자 존 왓슨John Watson이 있다. 그는 모든 사고가 사실상 소리가 없는 '하위 발성'(성대의 감지할 수 없는 진동)에 의해 생산된 알아들을 수 없는 종류의 발화라고 말했다. 또한 말초주의peripheralism로 알려진 이 이론은 말을 하지 않고 생각하는 것은 불가능하다고 주장했다.

가장 영향력 있는 형태의 언어 결정론은 두 명의 언어학자이자 인류학자의 이름을 딴 사피어와 워프Sapir-Whorf의 언어 상대성 가설linguistic relativity hypothesis이다. 이 가설에 따르면 다른 문화에서 사용하는 서로 다른 어휘들은 가장 근본적인 단계에서 해당 문화 언어 사용자의 인지에 영향을 미친다. 벤자민 리 워프Benjamin Lee Whorf, 1897-1941는 눈snow과 관련해서 20가지 다른 어휘(〈워싱턴 포스트지Washington Post〉를 신뢰한다면 눈에 관한 어휘는 50개다)를 사용하는 이뉴잇족은 표준 유럽어 사용자들과는 다른 방식으로 눈을 인지한다고 주장했다. 그러나 오늘날 에드워드 사피어Edward Sapir, 1884-1939와 워프가 제시한 증거의 상당 부분은 이뉴잇족의 언어와 영어의 상호 번역이 그다지 힘들지 않다는 사실로 인해서 흔들리고 있다.

색을 지칭하는 어휘와 색에 대한 인식의 비교 문화 연구에서 도출된 증거는 언어 결정론의 주장을 약화시킨다. 다수의 문화와 언어들이 영어보다 색과 관련된 기본적인 어휘가 적다는 것을 인정하기는 하지만, 실험 결과에 따르면 이들 문화의 사용자들도 색에 관한 어휘가 많은 문화의 사용자들이 구분할 수 있는 색을 모두 똑같이 구분할 수 있다. 다시 말해 색인지에 관한 인지가 언어의 영향을 받는 것은 아니다.

인공지능

인지심리학의 가장 중요한 관련 분야 중 하나는 기계 지능machine intelligence으로도 알려진 인공지능artificial intelligence, AI이다. 이 개념은 어떤 유형의 기계가 지능을 가질 수 있다고 상정한다. 그러나 이것이 인간의 지능인지 아니면 다른 유형 혹은 다른 정도의 지능을 말하는 것인지는 분명하지 않다. 그리고 무엇보다 인간의 지능을 어떻게 정의할 수 있을까?

기계가 어느 정도의 지능을 소유하고 있는지 어떻게 알 수 있을까? AI의 전망은 '기능주의functionalism(의식 또는 심적 활동을 환경에 대한 적응 기능이라는 측면에서 연구)' 철학에 토대를 둔다. 기능주의에서는 뇌가 기계에 불과하며, 사고와 의식은 뇌라는 기계의 작동 상태라고 주장한다. 이해를 돕기 위해 컴퓨팅에 비유해서 이야기해 보자면 기능주의에서는 뇌를 하드웨어로 사고를 소프트웨어로 본다. 컴퓨팅의 중요한 원리는 컴퓨터 프로그램과 같은 소프트웨어가 복합적으로 실행 가능하다는 것에 있다. 이는 한 가지 유형 이상의 하드웨어에서 작동할 수 있다는 것을 의미한다. 그러므로 만약 인간 지능을 뇌에서 정상적으로 작동하는 일종의 소프트웨어로 가정한다면 어쩌면 컴퓨터와 같은 다른 유형의 하드웨어에서도 실행이 가능할 수 있을지 모른다. 이것이 '강한 인공지능strong AI'으로 알려진 AI 이론의 주장이다. 이 이론은 기계가 인간과 같은 지능과 의식을 가질 수 있다고 주장한다. 반대로 '약한 인공지능weak AI' 이론은 컴퓨터와 같은 기계들을 이용해 인간의 지능을 본뜨거나 시험해 볼 수는 있지만, 실제로 기계가 인간처럼 사고할 수는 없다고 주장한다.

튜링 테스트와 중국어 방

인공지능에 관한 근본적인 의문 중 다수가 여전히 풀리지 않고 있다. 사고와 의식의 본질과 같은 철학적인 문제들이 특히 그렇다. 강한 인공지능의 가능성에 관한 두 가지 상반된 견해가 앨런 튜링Alan Turing, 1912-1954의 모방 게임과 존 서얼John Searle, 1932-의 중국어 방, 두 건의 사고 실험을 통해서 잘 드러난다.

영국의 수학자이자 컴퓨터 공학의 선구자인 튜링은 강한 인공지능 이론의 기초를 닦고, 전자계산기의 활용에 지대한 공헌을 했다. 그는 기계가 지능이 있는지 없는지를 논하는 것은 무의미하다고 주장하면서 대신 컴퓨터의 행동이 지능적으로 보이는지 아닌지를 판단하는 일종의 행동주의적 접근법을 취할 것을 제안했다. 그는 만약 컴퓨터가 인간을 모방하는 데 성공할 수 있다면 컴퓨터와 문자메시지를 주고받는 사람이 자신이 문자를 주고받는 대상이 사람인지 기계인지 구분을 할 수 없을 정도로까지 컴퓨터가 인간과 비슷한 능력을 갖추고 있다고 봐야 한다고 주장했다.

그러나 컴퓨터가 소위 '튜링 테스트Turing test'를 통과한다고 하더라도 컴퓨터가 지능을 갖고 있다고 말할 수 있을까? 이 질문에 미국의 철학자 존 서얼은 아니라고 대답했다. 그는 대신 '중국어 방Chinese room'이라는 사고 실험을 제안했다. 이 실험에서 존 서얼은 봉쇄된 방에 한 남자에게 중국어 문자가 적힌 쪽지들을 건넸다. 이 남성은 중국어를 할 줄 모르지만, 매뉴얼에 제시된 일련의 지시사항에 따라 중국어로 답변을 적은 다음 틈을 통해 이 쪽지를 바깥으로 전달했다. 문밖에 있던 중국인의 눈에는 방안의 남성이 중국어를 이해하지 못했음에도 중국어를 이해한 것처럼 보인다. 설은 인공지능은 중국어를 이해하지 못한 상태에서 그럴듯하게 말을 조합해서 중국어로 답변을 할 수 있었던 중국어 방 안의 남성과 같다고 주장했다.

기술적인 관점에서 인공지능은 '기호의 접지symbol grounding(컴퓨터 안의 기호를 실제 세계의 의미와 연결하는 것)' 능력이 부족하다. 중국어 방 이론이 갖는 광의의 함의는 기계는 절대 의미를 이해하거나 의도를 갖고 행동할 수 없으므로 인간과 같은 방식으로 사고할 수 없다는 것이다.

성격과 지능에 대해 우리가 알아야 할 것

사람의 정신은 무엇으로 구성되어 있을까? 성격과 지능의 연구는 개인들 간의 특징과 성격이 얼마나 다른지에 연구의 초점이 맞춰지기 때문에 '차이심리학differential psychology'으로 알려져 있다. 성격은 비교적 안정적이고 일관된 특성들의 집합체이며 환경 변화에 영향을 받지 않는 것일까? 아니면 행동은 환경의 영향을 받기 때문에 성격도 변화하는 환경에 좌우되고 가변적이며 일관성이 없는 것일까? 이 두 견해 사이의 충돌은 '성격 특성 대 상황 토론trait vs situation debate' 또는 '일관성 논란consistency controversy'으로 알려져 있다. 일반적으로 주류의 차이심리학은 안정적이고 핵심적인 성격 특성이 존재한다는 가정하에서 연구를 진행했다.

골상학

정신과 개인의 특성을 과학적으로 연구하기 위한 최초의 시도 중 하나는 지금은 어처구니없는 사이비 과학으로 간주되는 골상학phrenology이었다. '심리학'과 유사한 뿌리에서 출발한 '정신의 연구'를 의미하는 골상학은 두개골의 외부 구조를 탐구해서 정신적 특성을 측정하고 개발하는 기술이자 과학이다.

골상학에서 핵심적으로 주장하는 바는 뇌는 정신을 주관하는 기관이라는 데 있으며, 오스트리아 빈 출신의 두개골 해부학 전문가이자 의사인 프란츠 요제프 갈Franz Joseph Gall, 1758-1828의 연구에 그 근간을 두고 있다. 그는 일화적 경험을 통해서 튀어나온 눈과 기억력 간의 연관성을 확인하고 흥미를 느낀 후 정신 능력과 골상, 구체적으로 말하면 두개골 형태 사이의 다른 연관성 들을 구체적으로 밝히는 연구를 계속했다. 그의 연구는 결국 골상학 이론 혹은 뇌의 생리학 이론으로 발전했다. 이 이론의 혁명적인 특징 중 하나는 뇌는 정신이 존재하는 곳이며 정신적 특성, 예를 들어 성격은 뇌의 구조가 결정한다는 주장이었다.

이 지점까지 골상학과 현대 심리학은 엄밀하게 일치한다. 골상학은 현대 심리학의 예시였으며 그것의 탄생에 일조했다.

- 현대 심리학과 마찬가지로 골상학도 정신적 기능이 뇌의 특정 영역에 국한되어 있다고 주장한다. 즉 뇌의 각기 다른 영역과 각기 다른 기능들이 서로 일치한다.

- 그러나 현대 심리학과 달리 골상학은 이러한 다양한 뇌 기관의 크기와 발달이 두개골의 형태에 직접 영향을 미치기 때문에 두개골의 형태를 측정해서 뇌 기관을 파악할 수 있다고 주장했다.

- 다시 말해 특정인의 두개골상의 튀어나온 부분을 만져 볼 경우 그 사람의 성격이나 정신적 능력을 파악할 수 있다는 의미이다.

- 골상학자들은 '도둑질'이나 '선전의 충동'에서부터 '자식에게 자

상함'이나 '종교적 정서'에 이르기까지 두개골을 통해서 파악할 수 있는 능력 혹은 특성 수십 가지로 이루어진 목록을 만들었다.

- 심지어 그러한 특성들은 다양한 연습을 통해서 개발과 억제가 가능하다고 주장한다. 본성을 극복할 수 있다는 본성의 힘에 대한 현재의 논쟁을 고려할 때 이는 흥미로운 주장이다.

궁극적으로는 골상학의 오류들이 낱낱이 밝혀졌지만, 골상학은 인간의 정신과 뇌를 연구하고 성격 특성의 범주화 및 측정하는 것의 정당성을 수립하는 데 지대한 공헌을 했다.

성격의 차원

차이심리학의 주된 관심은 성격 특성 혹은 차원을 파악하고 측정하는 것이다. 이것은 때로는 빅토리아 시대의 괴짜 과학자 프랜시스 골턴Francis Galton, 1822-1911이 각고의 노력 끝에 수립한 분야인 심리 측정psychometric으로 알려져 있다. 심리 측정학은 일반적으로 근본적인 원칙이나 특성을 파악하기 위해서 다양한 특성 검사의 통계적 분석이 필요하다는 것이다.

심리 측정학과 5대 성격 특성

1936년 미국의 심리학자 고든 올포트Gordon Willard Allport, 1897-1967는 성격심리학의 창시자 중 한 명으로 개인의 특성을 기술하는 18,000개의 용어를 찾아냈으며, 이를 핵심 특성을 설명하는 어휘 5,000개로 간추렸다. 올포트는 정도의 차이는 있지만, 누구나 가지고 있는 공통 특성과 개별적이고 고유한 특성을 구분했다.

그는 공통의 특성에만 국한해서 연구하는 보편적 법칙의 접근법으로 알려진 심리학을 반대했지만 이후 차이심리학은 바로 이러한 것들에 초점을 맞추었다.

개인들에게 무수히 많은 테스트를 해 보고 그들의 점수에 통계분석을 적용해 보면, 각기 다른 자질 또는 다른 요인에 관련된 것으로 보이는 테스트나 질문들이 실제로는 관련이 있거나 같은 요인들을 묻고 있을 가능성이 있다. 그러한 예는 다음과 같다.

- 보수주의, 호기심, 그리고 창의성은 각각 다른 특성처럼 보일 수 있지만, 사람들은 이 항목들에 대한 테스트에서 유사한 점수를 보이는 경향이 있다. 보수주의 항목에서 높은 점수를 기록한 사람들은 일반적으로 호기심에 대해서는 낮은 점수를 받았다.

- 한 개인에 대한 이러한 요인들을 테스트할 때 점수는 서로 관련이 있다. 한편 한 집단 전체에서 이러한 점수들이 다양하게 나타나는 경향을 보일 것이다. 이는 외양적으로 명백한 것처럼 보이는 독립적인 특성들이 종종 같은 사건의 다양한 양상일 경우가

많다. 따라서 하나의 요인이 다양한 특성을 뒷받침한다.

- 다수의 각기 다른 특징에 대한 실험의 통계적 분석은 훨씬 더 적은 수의 근본적인 기저 요인들을 드러낼 수 있다.

- 이러한 특징에 대한 테스트에서 획득한 점수들이 스펙트럼을 따라 분산되어 있으므로 이러한 요인들은 종종 '범위'라고 불렸다.

- 교양과 같은 다른 특성과 함께 보수주의, 호기심, 창의성 등의 성격 특성과 분석적/예술적 경향은 차이 심리학자들이 '개방성'이라고 부르는 근본적인 요인과 관련이 있다.

프랜시스 골턴 - 습관적 측정가

프랜시스 골턴은 찰스 다윈Charles Darwin, 1809-1882과 친척이며, 저명한 과학자이자 탐험가였다. 그는 측정하는 것에 강박적인 흥미를 보였다. 이는 때때로 유용할 때도 있었지만 상당한 의혹을 받기도 했다. 한 예로 영국 여성의 매력을 평가하여 지도를 작성할 수 있도록 한 그의 시스템이 있다. 또한 그의 도덕적 신뢰성을 표현한 유럽 지도책에서 영국을 가장 신뢰할 수 있는 국가로, 그리스와 터키를 가장 믿을 수 없는 국가로 표현했다.

골턴은 다윈의 진화 이론을 읽고 나서 선택적 번식이라는 개념에 특히 흥미를 느꼈으며 그가 명명한 '우생학Eugenics'이라는 새로운 과학을 통해서 인종을 강화하는 데 이러한 개념들을 적용했다. 골턴은 한 부스에 사람들이 들어와서 당시 획기적인 지능 검사 및 기타 심리 검사를 포함한 다수의 테스트를 수행하는 시험 프로그램을 개발했다. 또한, 생체정보의 통계 분석을 선구적으로 시도했으며, 생체정보에서 발견한 관계들을 기술하기 위해서 '상관관계correlation'와 같은 용어들을 만들기도 했다.

심리학자들은 5대 성격 특성 요소로 알려진 것과 관련해서 공통된 의견을 갖고 있다. 5대 요소에는 외향성extraversion, 우호성agreeableness, 성실성conscientiousness, 신경증적 경향성neuroticism 혹은 정서적 안정emotional stability이 포함된다. 지능을 이와 같은 5대 요소와 더불어 성격 특성으로 포함되어야 하는지는 논쟁의 여지가 있지만, 지능 역시 범위에 해당한다. 몇몇 분석에 의하면, 지능은 개방성에 따라 변하거나 상호 연관성을 갖는다.

5대 성격 특성 요소의 양극

외향성	내향성
말이 많은, 사교적, 붙임성이 있는, 성급한, 과시적, 오만한, 확신에 찬, 적극적, 준비된, 모험을 즐기는, 열정적, 활기 넘치는, 유쾌한, 감정을 드러내는, 극적, 요란한, 버릇이 없는	수줍음을 타는, 소극적, 은둔적, 생각이 깊은, 신중한, 겸손한, 우울한, 온순한, 혼자 있기를 좋아하는, 속내를 드러내지 않는, 쌀쌀한, 무기력한, 소심한, 가식이 없는, 말이 없는, 조심스러운
성실성	**무책임**
신뢰할 수 있는, 단정한, 자의식이 강한, 근면한, 책임감 있는, 질서 있는, 변함없는, 단정한, 세심한, 인내심이 강한, 고집 센, 조직적, 윤리적, 순종적, 예의범절을 따지는, 꾸준한	쾌활한, 태평한, 느긋한, 체계적이지 못한, 변덕스러운, 제멋대로인, 변화가 심한, 부주의한, 정리를 안하는, 꼼꼼하지 못한, 참을성이 없는, 중도에 포기를 잘하는
개방성	**편협함**
독창적, 속이 깊고 신중한 철학자, 창의적, 상상력이 풍부한, 진보적, 반항적, 예술적, 규범을 따르지 않는, 모호함에 대한 관대성이 있는, 독립적, 질문이 많은, 예측 불가능한	보수적, 전통적, 명확한 것을 좋아함, 구식의, 옹졸한, 상상력이 없는, 순응을 잘하는, 관습적, 변화를 싫어함, 솔직한, 고지식한

우호성	비우호성
온화한, 협조적, 사람을 잘 믿는, 이타적, 도움이 되는, 친절한, 마음이 약한, 온정적, 상냥한, 동정심이 많은, 순종적	짜증을 잘 내는, 적극적, 고집불통의, 비판적, 적대적, 의심이 많은, 이기적, 냉정한, 고집 센, 질투가 많은, 편협한, 걱정이 많은, 냉소적인, 무례한, 정신력이 강한, 쌀쌀맞은, 논쟁적
신경증적 경향성	**정서적 안정**
걱정이 많은, 불안정한, 우울한, 자의식이 강한, 긴장한, 죄의식이 많은, 부정적, 불평하는, 자기 연민이 많은, 자존감이 낮은, 자기 회의적, 신경질적, 민감한, 취약한	균형이 잡힌, 자신감이 있는, 자신에 대한 믿음이 강한, 객관적, 차분한, 쉽게 동요하지 않는, 신중한, 자제심이 강한, 냉정한, 침착한, 조용한

외향성과 내향성

우세하기는 하지만 5대 성격 특성 모델이 성격 특성을 범주화하거나 분류할 수 있는 유일한 방법은 아니다. 다른 영향력 있는 모델에는 영국계 미국인 심리학자 레이몬드 카텔Raymond Cattell, 1905-1998의 다요인 인성 검사 16PFSixteen Personality Factor

Questionnaire와 독일계 영국인 심리학자 한스 아이젱크Hans Eysenck, 1916-1997의 유형 이론Type Theory이 있다. 한스 아이젱크는 생전에 세계에서 가장 많이 인용된 심리학자였다. 그는 우호성과 성실성은 사실상 하나의 기저 성격 범위라고 주장했으며, 이를 정신증적 경향성psychoticism이라고 지칭했다. 그리고 이 기저 성격 범위를 신경증적 경향성, 정서적 안정과 외향성, 내향성이 포함된 세 가지 요인 모형의 일부로 포함했다.

아이젱크는 외향성-내향성 개념을 대중화하는 데 지대한 공헌을 했다. 그러나 그 용어 자체는 스위스의 심리학자 칼 구스타프 융Carl Gustav Jung, 1875-1961이 1921년 자신의 책 《심리 유형Psychological Types》에서 처음 사용했다. 아이젱크는 자신이 치료했던 전직 군인 700명의 성격 검사 데이터를 분석한 후 점수의 차이는 대부분 하나의 기저 요인에 수렴될 수 있다는 결론에 도달했다. 그는 융의 외향성과 내향성의 개념을 수정하고, 이 요인을 'E'라고 명명했다.

- 그는 그러한 강력한 심리 결정 요인이 생물학에 기초를 두고 있다

고 확신했다. 다시 말해 태어날 때부터 뇌에 새겨져 있다는 뜻이다.

- 아이젱크는 한 사람의 'E' 평가 혹은 점수는 그 사람의 대뇌 피질 자극 혹은 피자극성excitability의 정도, 즉 뇌 활동의 강도 및 정보를 처리하는 속도에 달려 있다고 믿었다.

- 내향성은 높은 수준의 대뇌 피질 자극을 보이고 외부 자극에도 더 민감하다. 이 외부 자극은 정보 처리 기능에 과부하를 줄 수 있으며, 그 결과 사회적 접촉이나 흥분을 최소화해서 자극 노출을 제한하기 위한 행동을 했다.

- 반대로 외향성은 낮은 수준의 대뇌 피질 자극을 보이며, 따라서 더 높은 수준의 외부 자극을 찾아서 이를 보상하기 위한 시도를 한다.

- 그러나 이 이론은 영국의 심리학자 제프리 그레이Jeffrey Gray, 1934-2004가 1970년 발표한 '강화 민감성 이론Reinforcement

Sensitivity Theory'에 의해 뒤집혔다. 그레이의 이론에 따르면 외향적인 사람들은 더욱 민감한 신경학적 보상 시스템을 갖고 있다. 따라서 기분 좋은 신경 화학적 자극의 관점에서 더 많은 이점을 얻기 때문에 사회적 상호 작용을 추구하려는 동기가 더 강하다.

체액

고대 및 중세시대 상당히 오랜 기간 성격과 인간 심리를 이해하기 위한 지배적인 패러다임은 고대 그리스인들이 개발한 '체액 이론humoral theory' 이었다. 체액은 세상을 구성하는 특질과 요소들로 이루어진 하나의 종합적인 체계와 연관돼 있었다. 그래서 4개의 요소(흙, 공기, 불, 물)와 4개의 특질(습기, 건조, 냉기, 열기)이 4개의 체액인 흑담즙(냉기 및 건조), 가래(냉기 및 수분), 황담즙(열기 및 건조), 혈액(열기 및 수분)과 일치한다.

네 가지의 기본 기질들에 대한 상관관계와 함께 이슬람 학자들을 통해서 중세 및 근세 세계에 전해져 내려온 이 체액 체계는 우울감, 냉정함, 성마름, 낙관적 기질로 이루어진다. 어느 체액 하나가 과할 경우, 그와 관련된 기질이 발현된다고 믿었다. 예를 들어, 황담즙이 과다 생산될 경우 성마른 기질

(불같고 화를 잘 냄)이 된다는 것이다. 셰익스피어의 《햄릿》에서 오필리아 우울감의 근원을 뇌가 건조하기 때문이라고 이해했다. 심리치료는 관련 체액을 조절하는 방식으로 이루어졌다. 예를 들면 피를 흘려서 체액을 빼내거나 음식 혹은 약을 먹어서 체액과 관련된 기질에 대응했다(예: 차갑고 수분이 많은 음식을 먹어서 뜨겁고 건조한 황담즙에 대응했다).

정신 역동적 성격 이론들

상당히 다른 성격심리학의 분파가 정신 역동 운동psychodynamic movement에서 부상했다. 이 운동은 프로이트를 시작으로 이후 알프레드 아들러Alfred Adler, 1870-1937나 융과 같은 다른 학자들을 통해서 다양한 분야로 발전했다. 프로이트는 처음 정신의 지형학적 개념을 개발하고 정신을 주관하는 공간을 무의식, 전의식, 의식의 영역으로 분류했다. 그리고 1920년 인간의 성격을 획기적인 구조 모형으로 개괄해서 설명했다. 프로이트는 인간의 성격이 자아Ego, 초자아Super ego, 원초아Id, 총 세 부분으로 이루어진 구조를 갖는다고 믿었다. 각각은 라틴어의 '자아I', '초자아Super-I', 그리고 '그것it'를 의미한다.

거대한 원초아

프로이트는 이드(원초아)를 성욕sex drive 또는 libido과 같이 뇌에 내장된 동물적 본능을 포함하는 정신의 한 부분으로 설명했다. 프로이트는 이드를 성격 형성의 동기를 부여하는 중요한 정신적 에너지 중 하나로 봤다. 이드는 즉각적인 만족감을 통해서 즐거움을 찾고 이러한 욕구가 좌절됐을 때 고통을 경험한다. 이것은 외부 세계를 전혀 고려하지 않는다.

신생아에게는 오로지 이드 밖에 없다. 그러나 외부 세계의 현실과 갈등이 일어나면 성숙한 아동은 이드의 요구를 충족시키기 위해서 현실 세계와의 절충을 모색하는 집행 모듈인 자아를 발달시킨다. 자아는 이성적이지만 완전히 현실적이다. 가족과 더욱 넓은 사회의 도덕성과 윤리적 가치관은 초자아 형성에 자양분이 된다. 초자아는 자아와 이드를 감시하고 죄책감이나 자부심을 느끼는 생각이나 행동을 억압하거나 보상한다. 프로이트는 성인의 성격을 빙산에 비유했다. 그는 자아와 초자아는 의식의 표면 위로 드러나지만 거대한 부분을 차지하는 원초아는 무의식 아래 숨겨져 있다고 믿었다.

아들러와 융

프로이트는 자신이 창시한 '정신 분석psychoanalysis' 운동 혹은 정신 역학에 초점을 둔 '정신 역동psychodynamic' 이론을 계속 이어갈 후계자가 될 만한 제자들을 여럿 거느리고 있었다. 물론 정신 역동 이론은 이후 프로이트가 주장하는 이론에서 멀어지면서 완전히 결별하기에 이르렀다.

오스트리아의 의사 알프레드 아들러는 '성sex'을 인간의 성격 형성의 주요 동력으로 보는 프로이트의 견해를 부정했다. 대신 그는 권력과 권력 관계를 성격 형성의 주요 동인이라고 믿었으며, 성격을 결정하는 데 중요한 출생 순서와 같은 형제의 경쟁의식과 열등감의 콤플렉스 개념을 개발했다. 아들러는 열등감을 보상하거나 피하기 위한 어린아이의 시도들이 성격발달로 이어진다고 주장했다. 한편 열등감에 대처하는 데 실패한 성인의 경우 무의식적 욕망, 사고, 및 감정으로 이루어진 부적응 시스템이 구축되어 의식의 작용을 왜곡시킨다. 정신 분석가들은 이를 '콤플렉스complex'라고 부른다.

융은 프로이트의 또 다른 제자로 스승과 극심한 불화를 겪었으며, 성을 강조하는 프로이트의 주장에 반대의 목소리를 냈다. 대신 그는 리비도libido(성본능 또는 성충동)를 좀 더 보편화된 정신 에너지의 원천으로 봤으며, 성격을 단순히 과거의 기억에 사로잡힌 것 이상으로 봤다. 융은 다음과 같이 믿는다.

- 정신의 궁극적 열망은 '개성 형성individuation'이며, 이는 자기 수용, 그리고 성격의 여러 부분 전체를 조화롭게 성공적으로 통합하는 과정이다.

- 그는 또한 인간 성격에서 무의식의 힘 혹은 현상의 역할을 강조했다. 그는 이것을 '원형archetype'으로 지칭하고, 개인의 개별적인 무의식의 범주를 벗어난 집단적이고 공유된 무의식의 일부라고 주장했다.

- 인간의 뇌에 내장된 이러한 원형들은 사고, 감정, 욕망에 생기를 불어넣고 조직화하는 데 도움을 준다. 이 원형들은 페르소나persona(사람들이 다양한 상황이나 신호에 대응해서 채택하는 역할이나

가면), **그림자**shadow(가면적 인격, 성격의 부정적 부분, 실재하는 모든 것에는 그림자가 있는데, 자아와 그림자의 관계는 빛과 그늘의 관계와 같다), **아니무스와 아니마**Animus and Anima(한 사람의 정신 내부에 들어 있는 남성성과 여성성)처럼 성격의 다양한 측면들로 이루어져 있다.

지능의 정의

심리학자들은 합의된 지능의 정의를 마련하기 위해 노력하고 있지만, 차이심리학에서는 지능을 측정하는 것이 주된 관심사 중 하나로 떠오르고 있다. 지능에 대한 지배적인 견해는 지능이 환경에 적응할 수 있는 한 개인의 능력을 나타낸다는 것이다. 미국심리학회American Psychological Association의 테스크 포스팀이 1996년에 제출한 지능에 대한 보고서는 이를 적절하게 개괄하고 있다. '지능이란 복잡한 생각을 이해하는 능력, 환경에 효과적으로 적응할 수 있는 능력, 경험을 통해서 학습할 수 있는 능력, 다양한 형태의 이성적 추론을 할 수 있는 능력, 그리고 심사숙고를 통해서 장애물을 극복할 수 있는 능력을 말한다.' 그러나 지능 검사의 중요성은 지능의 조작적 정의(추상적인 개념이나 용어를 경험적으로 측정이 가능하도록 조작하여 의미를 나타내는 것)에 무게를 두었다. 이는 검사를 통한 지능의 정의를 의미하고, 따라서 '지능은 지능 검사가 측정하는 대상이다.'라고 말한 심리학자 에드윈 보링

Edwin Boring, 1886-1968의 주장에 신빙성을 더해 준다.

무엇이 IQ이고 무엇이 IQ가 아닐까?

가장 친숙한 지능 측정법은 지능 지수intelligence quotient를 의미하는 IQ이다. 지수quotient란 두 개 값의 비율을 말한다. 원래 아동의 지능을 측정하기 위해 고안된 IQ는 아동의 생활 연령에 대한 정신 연령의 비율로 정의됐다. 그러므로 만약 한 아동의 정신 연령이 생활 연령과 정확하게 일치한다면 이 둘의 비율은 1이고 그들의 IQ는 정확하게 100일 것이다. 이는 성인에게는 적용할 수 없다. 일반적으로 지적 발달이 약 18세 정도에 멈추는 데 반해 생활 연령은 그렇지 않기 때문이다.

오늘날 IQ는 전체 인구 중 비교 가능한 나이의 평균 점수에 대한 개인 점수의 비율로 정의되기 때문에 100을 획득한 사람은 잠재적 점수의 정상적인 분포도에서 중앙을 차지하고 중간 정도의 지능을 갖고 있다고 이해할 수 있다. 기준 집단의 특징은 IQ 검사 그 자체에 좌우된다. 예를 들어 가장 대중적인 두 가지의 IQ 검사에는 스탠퍼드 비네Stanford-Binet 검사와 웩슬러Wechsler 검사가 있다. 웩슬러 지능 검사에서 110점을 획득한 사람은 75번째 백분위수일 것이다.

그렇다면 IQ 검사란 무엇인가?

- 일반적으로 IQ 검사는 언어 추론, 어휘, 암산, 논리, 시각적 추론, 정신 회전(마음속으로 이미지를 회전시켜 보는 것) 등과 같이 능력을 점검할 수 있는 다양한 질문들로 이루어진다.

- 유효성이 충분히 확인된 IQ 검사가 수천 명을 대상으로 시행돼 왔으며, 이들의 점수는 결과를 측정할 때 기준이 된 척도를 정밀하게 조정하는 데 사용되고 있다.

- IQ 검사는 특정 시점의 수행 능력을 단편적으로만 보여주므로 IQ 검사가 측정할 수 없는 것이 무엇인지를 고려해 봐야 한다. 예를 들어, IQ 검사는 IQ와 밀접하게 관련이 있을 수 있는 지식, 지혜, 창의력, 기억력 등은 측정하지 않는다.

- 또한 IQ는 귀중한 열정, 불굴의 의지, 절제력, 공정성 등과 같은 개인의 자질 혹은 특성을 측정하지 않는다. 그뿐만 아니라, 정서 지능으로 기술되고 있는 정서적 기술도 측정하지 않는다.

범용 지능과 원초적 정신 능력

일부 심리학자들은 IQ와 지능이 거의 똑같다고 주장한다. 반면 어떤 심리학자들은 지능은 단 하나의 자질이나 특성이 아니므로 단일한 수치로 이를 측정할 수 없다고 말한다. 이 주제에 접근하는 한 가지 방법은 명백히 다른 능력들을 검사한 결과를 통계적으로 분석해서 그러한 능력들이 5대 성격 특성(80쪽 참조)처럼 하나의 근본적인 차원을 구성하는 다양한 양상들인지를 고찰하는 것이다.

모든 다양한 유형의 지능 검사에 참여한 사람들의 점수를 통계적으로 분석해 보면 공통된 요소가 있음을 보여 준다. 즉 언어 능력 검사에서 좋은 점수를 받은 사람은 수학 검사에서도 좋은 점수를 받을 가능성이 크다는 것이다. 이 공통 요인은 '범용 지능general intelligence'을 의미하는 'g'라고 불린다. 이 범용 지능은 개인의 원초적인 정신 능력을 측정한 것으로 유용한 비유를 꼽는다면 레이싱 자동차를 들 수 있다.

- 각기 다른 자동차는 각기 다른 조작 능력, 핸들, 바퀴 유형 등을 갖고 있을 수 있으며, 이는 어떤 자동차는 더트 트랙(석탄재나 흙 등으로 만든 경주용 도로)에서 치러진 경주에서 좋은 성적을 낼 수 있지만, 어떤 자동차는 공회전 회로에서 더 나은 퍼포먼스를 보일 수 있다는 것을 의미한다.

- 각기 다른 핸들링의 특성은 다른 유형의 문제에 대처할 수 있는 개인의 능력에 비유할 수 있다.

- 그러나 차이점이 무엇이든 모든 자동차의 퍼포먼스를 향상할 수 있는 하나의 요인은 더욱 강력한 엔진을 탑재하는 것이다. 그리고 'g'는 엔진 출력에 상응하는 것이다. 경주 코스의 상태와 무관하게 좀 더 강력한 엔진을 탑재한 자동차가 더 많은 경주에서 승리할 가능성이 큰 것처럼 사람도 마찬가지로 높은 수준의 'g'를 갖

고 있으면 모든 유형의 지능 검사에서 높은 점수를 획득할 가능성이 더 크다.

플린 효과

플린 효과Flynn Effect는 뉴질랜드 오타고 대학University of Otago의 정치학 교수 제임스 플린James Flynn, 1934-에 의해 발견됐다. 1984년 플린은 이전에 알려지지 않았던 낯선 현상에 주목한 그의 여러 논문 중 첫 번째 논문을 발표했다. 그것은 IQ 검사를 개발하고 판매해 온 기업들은 IQ 검사에 참여하는 사람들이 매년 더 좋은 점수를 얻고 있으므로, IQ 평균 100을 유지하기 위해서 그들의 점수 시스템을 지속적으로 수정해야 한다고 주장했다. 그는 오늘날 우리가 20년 전 동일한 IQ 검사를 한 사람과 같은 IQ를 획득하기 위해서는 훨씬 더 나은 수행 능력을 보여야만 한다는 사실을 발견했다. 이를 달리 이야기하면, 같은 검사에서 동일한 점수를 획득한다면 20년이 지난 지금 그 점수는 현저히 낮은 IQ 점수로 나타난다는 것이다.

점수 시스템을 지속해서 개선해야 하는 이유는 평균적인 수행 능력이 해마다 향상되는 것처럼 보이는 데 있었다. 플린 교수는 평균적으로 선진국 국민은 매년 IQ가 약 0.5 포인트 혹은 30년간 IQ가 약 15포인트 증가하고 있다는 사실을 발견했다. 만약 우리가 1945년으로 돌아가서 오늘날의 평균적인 수행 능력을 기준으로 수립한 점수 기준을 사용한다면 평균 IQ가 약 70 정도라는 것을 알게 될 것이다. 그런데 IQ 70은 경계성 학습 장애이다.

이제 우리는 IQ가 특히 높은 천재의 수가 급증하거나 지적 성취도가 급격히 올라가는 것을 찾아보기 어렵다. 이를 설명하는 이유 중 하나는 예전보다 개선된 식단과 건강관리를 통해 현대인의 뇌가 향상되었고, 사람들이 TV, 게임, 퍼즐 맞추기, 학교 시험 등 IQ 평가 형식의 질문에 과거보다 친숙해져서 IQ가 상향 평준화되었다는 것이다. 또 다른 주장은 플린이 도출한 총합에 오류가 있다는 것으로 이들 주장을 확실하게 뒷받침하는 증거는 없다. 따라서 플린 효과는 여전히 수수께끼로 남아 있다.

뇌에서 'g'의 정확한 위치 찾기

지능을 구성하는 것이 정확히 무엇인지에 대한 합의가 거의 이루어지지 않고 있어서 그것이 뇌의 어디에 있는지 말하기는 어렵다. 만약 우리가 지능을 다양한 사고 기능 및 능력들의 집합체로 여긴다면 그것이 뇌 전체에 걸쳐 분포되어 있고, 특히 주로 뇌의 주름진 외피층인 피질에 있다고 말하는 것이 가능하다. 좀 더 구체적인 능력들은 더욱 정확하게 위치를 국한할 수 있다. 예를 들어, 논리적 추론 및 사전 기획 등과 같이 가장 추상적인 정신 기능은 주로 전두엽에 국한되어 있다. 만약 존재한다면 'g'의 위치는 흥미로운 수수께끼다. 그러나 'g'가 단순히 뇌의 한 영역의 특성이기보다는 신경 세포를 따라 신경 자극이 전달되는 속도나 신경 세포의 선천적인 경향과 같은 일반적인 특징과 관련이 있을 가능성이 더 크다.

예측과 IQ

다시 한번 더 말하자면 IQ와 지능은 다르다. IQ는 성공과 재능에 필요한 중요한 다른 많은 자질을 갖고 있지 않다. 어떤 사람의 경우 IQ는 높지만, 헌신이나 자제심이 부족할지도 모른다. 예를 들어, IQ는 높으나 게으른 사람은 IQ는 낮지만 성실하고 근면한 사람보다 성공할 가능성이 더 낮을 수 있다. 그러나 집단이나 인구 범위에서 볼 때 IQ는 학문적 성공에서 수익 능력, 그리고 건강과 행복에 이르기까지 여러 분야에서 성공을 예견할 수 있는 상당히 강력한 수단이라는 것이 입증되고 있다. 또한, 다음 사항들도 이미 주지의 사실이다.

- 평균적으로 IQ가 낮은 사람에 비해 IQ가 높은 사람이 좋은 학점을 받고 취직 가능성이나 수입이 많을 가능성이 크다. 그뿐만 아니라, 건강하게 장수할 가능성도 크다.

- IQ와 비슷한 유형의 검사를 신입사원 채용을 위한 도구로 사용하는 연구는 지원자의 성공 가능성을 예측하는 힘은 철저한 면접만큼이나 크다는 것을 보여 준다. 또한, 수년간의 직장생활 경험과 같은 다른 척도들보다도 예측력이 더 뛰어나다.

- IQ 75~90점대 사람들과 비교했을 때 IQ가 110 이상인 사람들은 학교를 중퇴할 가능성이 88배 더 낮고, 빈곤 속에서 살 가능성이 5배 더 낮으며, 범죄자가 될 가능성도 7배 더 낮다.

IQ와 경주

심리학에서 가장 논란의 여지가 많은 주제는 아마도 인종별로 IQ에 차이가 있을지 모른다는 의문이다. IQ 관련 연구의 확실한 결과 중 하나는 평균적으로 다양한 인종 집단들이 IQ 검사에서 다른 점수를 획득한다는 것이다. 대부분의 연구가 이루어진 미국에서는 평균적으로 흑인들이 백인들보다 IQ가 더 낮고, 백인들은 동아시아인들보다 IQ가 더 낮다. IQ 검사가 문화마다 다르므로 편견이 있을 수 있다는 한 가지 설명이 가능하나, 이와 같은 결과는 문화적으로 중립적인 검사에도 동일하게 나타난다는 무수히 많은 증거가 있다. 또 다른 설명으로는 이와 같은 결과들은 사회경제적 문제들과 불평등을 반영한다는 것이다. 그러나 이러한 요소들을 통제한 분석은 결과들이 일관성을 갖는다는 것을 보여 주었다.

- 현재 논란이 되는 이유 중 하나는 특정한 정치적 혹은 인종적 의제를 가진 사람들이 그러한 결과를 이용해서 성취도가 낮은 이유가 환경적인 요인이 아닌 유전적 요인에 의해 결정되기 때문에

조기 교육을 향상하기 위한 재정 지원과 같은 국가적 개입이 효과적이지 않다고 주장할 것이라는 두려움에 기반했다.

- 그러나 유전자 결정론은 많은 반론에 부딪히고 있다. 예를 들어, 전 세계, 특히 미국은 광범위하게 인종이 혼합되어 있고, 과학자들이 유전적 차원에서 인종 간 구분을 위해 고군분투하기 때문에 매우 의심스럽다.

- 뿐만 아니라 인종과 IQ 논쟁은 그것이 진짜든 아니든 어떠한 차이도 개인의 차이보다는 크지 않다는 사실을 덮어버리는 경향이 있다. 개인 간의 차이는 추정되는 그룹 간의 차이보다 훨씬 더 크다.

지능의 유형

IQ 검사는 사고의 다양한 능력이나 사고 방식에 의문을 제기한다. 그러나 일부 심리학자들은 더 나아가 일원화된 개념으로서의 지능의 일관성에 의문을 제기한다. 지능은 다양하고 개별적인 능력이나 기능을 일컫는 유효하지 않은 상위 용어이다. '다중 지능multiple intelligence' 이론의 대표적인 옹호자로 미국의 발달 심리학자인 하워드 가드너Howard Gardner, 1943-는 지능을 8가지 유형으로 나눴다. 그리고 이 8가지 유형을 다시 4개의 각기 다른 종류로 분류했다. 가드너 교수의 지능 분류는 다음과 같다.

- '사고thinking' 지능은 언어 지능과 논리 수학 지능 등 두 가지 유형으로 이루어져 있다.

- '감각sensational' 지능은 시각 공간visuo-spatial 지능, 신체 운동body-kinaesthetic 지능, 청각 음악auditory-musical 지능 등 세 가지 유형으로 이루어져 있다.

- 소통communicational 지능은 자기 성찰intrapersonal 지능과 대인관계interpersonal 지능 등 두 가지 유형으로 이루어져 있다.

- 그리고 자연naturalist 지능이 있다.

사회 및 정서 지능

미국의 심리학자 손다이크E.L. Thorndike, 1874-1949는 1920년에 '사회 지능social intelligence'이라는 용어를 만들고, 이것을 타인을 이해하고 관계를 맺는 능력으로 규정했다. 나중에 사회 지능은 인간의 두뇌 진화를 설명하는 데 사용되기에 이르렀다. 몇몇 이론에 따르면 인간은 사회성 기술을 발전시킨 결과 더 큰 두뇌를 진화시켰다고 주장한다. 즉 더 복잡한 인간 사회를 형성하고 훨씬 더 뛰어난 사회 지능이 요구되면서 그에 따른 더 큰 두뇌를 필요로 한다는 것이다.

사회성 기술 혹은 의사소통 기술에 준하는 인지 기술에 주목하는 추세가 1990년대에 강해졌으며, 정서 지능emotional intelligence, EI이라는 새로운 명칭을 얻게 됐다. 정서 지능은 인간관계에서만 중요한 역할을 하는 것이 아니다. 그것은 인간이 자신의 감정, 욕구 및 기분을 효과적으로 관찰하고, 이해하고, 조절할 때도 중요한 역할을 한다. 높은 EI를 가진 사람들은 자아 인식에 능하고, 확신에 차 있으며, 평상심을 유지하고, 성취감을 느끼며, 타인과의 관계를 맺는 데 능할 가능성이 크다. 그러한 사람들은 뛰어난 영업 사원, 관리자, 팀원, 지도자가 될 수 있으며, 타인을 보살피는 직업에서 두각을 드러냈다.

집단 심리에 대해 우리가 알아야 할 것

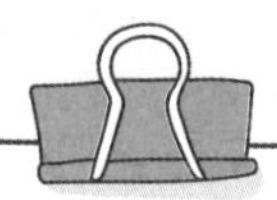

여러 사람이 모인 환경에서 어떻게 생각하고 행동하는지, 그리고 집단 내에서 혹은 집단으로서 어떻게 생각하고 행동하는지 등을 연구하는 학문은 사회심리학social psychology으로 알려져 있다. 이 심리학 분야는 2차 세계 대전이 끝난 후 괄목할만한 성장을 이루었다. 심리학자들은 홀로코스트Holocaust(1930~40년대 나치에 의한 유대인 대학살) 당시 사람들이 어떻게 그렇게 행동할 수 있었는지를 설명해야 하는 과제를 넘겨받았다. 막 움트기 시작한 시민권에 대한 인식, 그리고 순응과 권위를 거부하는 풍조를 포함한 사회 변화 역시 편견이나 인종주의와 같은 주제에 다시금 관심을 가지게 하는 계기가 됐다.

집단 역학: 이글스와 래틀러스

1954년에 열두 살짜리 소년 11명을 버스에 태워 오클라호마주 로버스 케이브 주립공원Robber's Cave State Park의 보이스카우트 오지 캠프로 보냈다. 며칠간 서로 결속을 다진 소년들은 '래틀러스'라는 팀명을 만들었다. 이후 이들은 11명의 소년으로 이루어진 또 다른 무리가 그들보다 하루 먼저 그 공원에 도착했고 그들의 팀명이 '이글스'라는 사실을 알게 됐다. 터키 태생의 미국인 심리학자 무자퍼 셰리프Muzafer Sherif, 1906-1988가 이끄는 한 무리의 연구자들은 22명의 소년을 무작위로 두 개의 그룹에 배치했다. 각 그룹은 빠르게 자신들의 팀에 대한 강력한 충성심을 보이기 시작했고, 작은 운동 경기의 승패를 놓고 경쟁할 때는 상대 팀에 상당한 공격성을 보였다. 이글스는 래틀러스의 깃발을 태우기까지 했고, 래틀러스는 이글스의 숙소를 쑥대밭으로 만들어 놨다.

나중에 인터뷰에 참여한 소년들은 자신의 팀을 상당히 호의적인 언어로 표현했지만, 상대 팀은 부정적인 언어로 평가했다. 셰리프 박사는 소년들을 무작위로 두 팀으로 나누어 놓는 간단한 행위를 통해서 22명의 굉장히 평범한 소년들을 《파리 대왕 The Lord of the Flies》의 표류한 섬에서 잔인한 인간의 본성을 드러낸 소년들로 바꿔놓았다. 셰리프 박사와 그의 동료들은 이 실험을 통해서 집단 역학의 '현실 갈등 이론Realistic Conflict theory'을 개발했다. 이 이론은 자원을 쟁취하기 위한 경쟁 혹은 다른 형태의 갈등이 편견의 근원이며, 내집단의 긍정적 특성을 발달시키는 반면 외집단에 대해서는 부정적인 시선을 갖게 한다는 것을 보여 줬다.

클레, 칸딘스키, 그리고 사회 정체성

폴란드 출신 영국의 사회 심리학자 헨리 타즈펠Henri Tajfel, 1919-1982은 로버스 케이브 주립공원 실험을 셰리프 박사가 예상했던 것보다 훨씬 더 단순하게 설명할 수 있다고 믿게 됐다. 1970년 한 유명한 실험에서 타즈펠은 자신의 최소 집단 패러다임을 가지고 집단 정체성을 기본만 유지하게 했다. 그는 십 대 소년들을 클레 혹은 칸딘스키로 명명한 두 개의 집단으로 나누었다. 원래 팀 배정은 소년들에게 추상 표현주의 화가 폴 클레와 바실리 칸딘스키의 작품을 보여 주고 그들의 선택에 따르기로 되어 있었지만, 사실은 순전히 임의대로 이루어졌다. 그리고 나서 소년들은 같은 팀원 혹은 상대 팀원에게 아주 작은 금전적 보상을 부여하는 작업을 개별적으로 수행해야 했다.

타즈펠은 소년들이 같은 팀과 상대 팀에게 줄 보상의 차이를 극대화하는 분배 방식을 선호한다는 사실을 발견했다. 심지어 그 분배 방식이 같은 팀원들이 전체적으로 보상을 덜 받는 결과가 되더라도 그러한 분배 방식을 선택했다. 자신들의 팀 혹은 팀원을 이전에 만나거나 알지 못했음에도 이러한 결과가 나왔다. 심지어 팀 배정이 무작위로 이루어졌다는 사실을 들었을 때도 그러한 경향은 변하지 않았다.

이러한 연구들의 결과들을 기반으로 타즈펠은 사회 정체성 이론을 고안했다. 이 이론은 그룹의 구성원이라는 단순한 사실만으로도 확립된 태도를 촉발하고 일련의 결과를 도출할 수 있음을 보여 준다.

- 내집단의 일원이 되면 개인은 자신과 외집단을 차별화할 방법을 찾으려고 하고 외집단과의 차별을 통해서 자신의 이미지를 강화하려고 했다.

- 세계를 우리와 그들로 나누고, 집단 경계를 인식하게 되는 사회적 범주화social categorization는 사회적 정체성으로 발전해서 자신이 속한 집단의 정체성을 받아들인다.

- 그 결과 사람들은 외집단과의 부정적 비교를 통해서 내집단에 대한 자부심을 강화하려고 하면서 사회적 범주화가 이뤄진다.

사회 정체성 이론에서 편견은 사회적 범주화의 불가피한 결과이며, 갈등과 편견을 덜 조장하는 유일한 자원은 자부심이라고 주장했다.

사회 인지와 속성 및 편견

그러나 사회적 정체성을 뒷받침하는 메커니즘은 무엇일까? 인간은 왜 그렇게 쉽게 사회적 범주화를 하는 것일까? 한 가지 답은 우리가 사회적 맥락에서 귀속하는 방식과 이러한 '사회 인지social cognition'를 구축한 진화적 근거에서 찾을 수 있다.

사회 인지에 대한 초창기의 한 이론은 인간이 컴퓨터처럼 논리와 계산의 결과를 바탕으로 선택을 한다고 믿었다. 그러나 사람들은 이러한 방식으로 생각하지 않는다. 우리는 아무리 좋게 말해도 불분명한 논리를 이용해서 신속하고 감상적인 선택을 한다. 사회 컴퓨터 모델을 대신할 더 적합한 모델은 '인지적 구두쇠cognitive miser' 가설일지 모른다. 이 가설에 따르면 인간은 최소한의 필요한 정보와 처리 능력을 사용한다. 즉 인지 처리의 효율을 극대화하기 위해서 쉬운 방법과 경험 그리고 상식에 입각한 방법을 활용해서 자원의 소비를 최소화할 방법을 찾는다. 그러한 전략들은 '휴리스틱heuristics'으로 알려져 있으며, 이 전략들의 사용은 사회심리학의 몇몇 흥미로운 발견에서 기원했을 수 있다.

'중심 특성'과 다른 사람에게 영향력을 행사하는 법

1946년 폴란드 출신 미국의 심리학자 솔로몬 애쉬Solomon Asch, 1907-0996는 사람들에게 몇 개의 형용사로 허구의 인물을 묘사한 전기문을 읽도록 요청했다. 그러고 나서 그들에게 전기문의 주인공을 적절하게 기술한 표현을 몇 가지 더 선택하게 했다. 그 결과 애쉬 박사는 전기문에서 오직 한 단어, 즉 '온화한'을 '냉정한'으로 바꿨을 때 허구 속 주인공의 속성이 완전히 바뀌었다는 사실을 발견했다. 만약 형용사 '온화한'이 전기문에 포함될 경우, 이어 오는 속성들은 관대한, 사교적인, 유머가 많은 등의 어휘였다. 그리고 '냉정한'이 포함된 경우 참가자들은 허구의 인물을 비열한, 내성적인, 유머가 없는 등의 단어를 사용해 표현했다. 애쉬는 냉정-온화 성격 차원을 '중심 특성'이라고 명명했다. 여기서 중심 특성이란, 다른 속성에 크게 영향을 미치는 요인을 말한다.

무의식적 편견

중심 특성은 '후광 효과halo effect'라고 알려진 유사한 현상과 연관이 있다. 이는 마치 후광을 가진 어떤 사람이나 사물이 다른 모든 특성에도 은혜로운 빛을 비춰주는 것처럼 한 속성 혹은 특성을 중심으로 긍정적인 속성들이 다른 속성들로 번지는 것을 말한다. 1907년 처음 관찰된 이 후광효과는 에드워드 손다이크에 의해 1920년 '후광 오류halo error'라는 이름이 붙여졌다.

전형적인 사례 중 하나는 신체적으로 매력적인 사람이 더 지적이고, 친절하며, 좀 더 유능한 것처럼 보이는 것이다. 다시 말해 단지 훌륭한 외모 때문에 그렇게 보일 수 있다는 것이다. 후광 효과의 정반대는 뿔 효과horns effect 혹은 '개에게 불명예를 주는 효과give a dog a bad name effect'이다. 이 효과는 부정적인 속성 하나가 다른 부정적인 속성들을 촉발하는 것을 말한다. 예를 들어, 교사가 같은 시험지를 보고 모범생이 작성했다고 생각할 때보다 문제아가 작성했다고 생각할 때 좀 더 가혹하게 평가하는 것으로 나타났다. 인종 차별주의나 성차별주의와 같은 편견의 경우 다양한 형태의 후광 효과나 뿔 효과가 작용한 결과로 보인다. 성차별주의의 경우 남성성은 지배, 유능함, 이성과 같은 긍정적인 성격 특성과 연관된 반면 여성성은 감성, 유약함, 수줍음과 같은 성격 특성과 연관 지을 수 있다. 심지어 이름이나 얼굴도 자동적인 판단이나 추측을 유발할 수 있다.

일치의 필요성

로버스 케이브 주립공원 실험(111쪽 참조)을 수행한 무자퍼 셰리프는 1920년대 인지와 같은 기본적인 정신 과정을 형성하는 데 있어서 그룹의 구성원과 사회적 상호 작용의 힘을 입증한 명쾌한 논문으로 박사 학위를 취득했다. 그의 연구에는 다음과 같은 내용이 담겨 있다.

- 참가자들은 밝게 빛나는 하나의 점만 보이는 칠흑같이 어두운 방에 있다. 비록 이 점은 정지해 있었지만 어두운 방안 준거의 기준이 없는 상황에서 눈 근육의 자동운동(의도하지 않고 대개 의식하지 못한)은 실험 참가자에게 점이 움직이는 것처럼 보이게 했다.

- 셰리프 박사가 참가자 세 명을 이 방에 들여보내면서 이 점의 움직임을 추정해서 큰 소리로 말하게 했다. 그 결과, 참가자들은 추정 결과를 순식간에 수렴하기 시작했다. 이들이 인지한 움직임은

순전히 주관적이므로 참가자에 따라 차이가 있어야 했음에도 이런 결과가 나온 것이다.

- 사전에 요청을 받거나 서로 논의를 한 적이 없음에도 각 집단은 점의 움직임 정도에 대해 암묵적으로 합의된 추정치를 도출했다.

- 일주일 후 개별적으로 실험에 참여한 참가자들은 자신들의 그룹이 도출한 추정치를 그대로 고수했다. 이와 관련해 셰리프는 그들이 암묵적으로 합의한 규범을 내면화했음을 보여 준다고 결론 내렸다. 이 경우에 사회 인지의 힘은 다른 구성원들의 의견에 동의하고 싶은 충동이 지각에 영향을 미칠 만큼 강력했다.

선의 길이 비교

이와 같은 효과와 관련된 좀 더 유명한 실험은 1951년 실행된 솔로몬 애쉬의 일치 실험이었다. 그는 참가자들에게 특정한 선의 길이와 제시된 다른 세 선의 길이를 비교하고, 세 선 중 어느 것이 그 선과 같은 길이를 가졌는지를 말하게 했다. 정답은 분명해 보였지만 한 집단의 일원으로 실험에 참여하는 나머지 구성원들에게 똑같이 틀린 답 하나를 말하게 시켰다. 애쉬는 평균적으로 실험 참가자의 3분의 1이 오답임이 분명해 보여도 대다수의 구성원과 같은 의견을 내려는 경향을 보인다는 것을 발견했다. 참가자의 4분의 3은 적어도 한 번은 대다수의 구성원과 일치하는 답을 말했으며, 4분의 1만이 다른 구성원의 답을 따라 하지 않았다.

당시 2차 세계 대전의 끔찍한 참상과 왜 그렇게 많은 평범한 독일인들이 나치를 지지했는지에 대한 풀리지 않는 의문의 관점에서 이 실험을 해석했다. 1980년 이 연구를 재현하기 위한 프로젝트에서는 396회 실험 중 단 1회에서만 참가자가 오답을 따라갔다. 이는 애쉬의 실험 결과가 공경과 순응을 더 중시하는 시대의 결과물이었음을 보여 준다.

명령 따르기

애쉬의 실험은 나치 협력자들의 의문스러운 심리를 이해하는 데 도움을 준 일련의 사회심리학 실험 중 하나에 불과했다. 더 큰 논란이 됐던 연구들로는 권위에 대한 복종을 연구한 스탠리 밀그램Stanley Milgram, 1933-1984의 연구와 스탠퍼드 감옥의 실험(123쪽 참조)을 꼽을 수 있다.

1961년 미국의 사회 심리학자 스탠리 밀그램은 학습에 관한 연구로 알려진 실험에 참여할 남성들을 찾는 광고를 냈다. 그의 실험은 다음과 같다.

- 실험 참가자들은 임의대로 '학습자'와 '교사'의 역할로 나뉘었다. 그러나 사실상 학습자들은 모두 밀그램의 동료들이었다.

- 그리고 나서 '교사들'에게 전기 충격을 가할 수 있는 장치를 장착한 학습자들을 보여 주었다. 교사들은 옆방으로 가서 전기 충격 발전기를 작동시키라는 말을 들었다. 그들은 그것이 가짜라는 사실을 몰랐다. 이 발전기에는 15V(약한 충격)에서 450V(위험-강한 충격)가 표시된 30개의 스위치가 달려 있었다.

- 이후 실험실 가운을 입은 감독관이 학습자에게 몇 가지 질문을 했다. 그리고 속고 있는 줄 모르는 교사 역할의 실험 참가자에게 학

습자가 '오답'을 말할 경우, 전기 충격을 가하라고 지시했다.

- 충격의 강도가 증가할수록 교사/실험 참가자는 옆방에서 거짓으로 내는 큰소리와 고함을 들을 수 있었다. 만약 그들이 충격을 가하라는 지시를 거절할 경우 감독관은 원고에 쓰인 '실험을 지속하기 위해서는 충격을 가해야 합니다.' 혹은 '당신은 충격을 가하는 일 외에는 선택의 여지가 없습니다.'와 같은 문장을 읽어 내려갔다.

- 밀그램은 교사들의 3분의 2가 전압을 점진적으로 올려서 결국 최고 전압까지 올린 것을 발견했다.

- 밀그램은 '권위자의 명령에 따라 어떤 일도 마다하지 않는 성인들의 극단적인 의지'가 이 연구의 중요한 발견이자 가장 시급하게 설명이 요구되는 사실이라고 말했다. 오늘날 밀그램의 실험은 윤리적으로 허용할 수 없는 실험으로 평가받고 있다. 그리고 실제로 이 실험의 참가자 중 다수가 실험 기간 중 자신들의 경험한 일에 대해 극심한 분노를 표출했다.

스탠퍼드 감옥 실험

캘리포니아 스탠퍼드 대학의 필립 짐바르도Philip Zimbardo, 1933-는 밀그램의 권위 복종 실험을 약간 수정했다. 그는 수정된 실험을 통해서 실험 참가자들이 큰 이름표가 달린 본인의 옷을 입었을 때보다 실험실 가운을 입고 있을 때 더 강한 충격을 줄 가능성이 더 크다는 것을 입증하려고 했다. 유니폼과 역할이 권위에 순종하라는 허락이나 사인으로 이해하는 데 일조할 것이라고 가정한 짐바르도는 심리학 분야에서 가장 악명 높은 실험 중 하나를 설계했다.

- 1971년 짐바르도는 죄수/교도관 역할놀이 실험에 참여할 건장한 젊은 남성을 찾는다는 광고를 냈다. 그런 다음 참가자들에게 무작위로 죄수 혹은 교도관의 역할을 부여했다. '교도관들'에게는 베이지색 유니폼, 야경봉, 미러 스타일의 선글라스를 갖추게 하고 죄수들을 감금하되 폭력은 사용하지 말라는 지시를 내렸다.

- '죄수들'은 실제처럼 체포를 당하는 경험을 하고, 죄수복, 나일론

재질의 모자, 발목 사슬을 제공 받았다. 그리고 스탠퍼드 대학 심리학부 건물 지하실에 감금됐다. 이 건물은 진짜 감옥처럼 보일 수 있게 만들어진 실물 크기의 모형이었다. 실험을 시작할 때 교도관과 죄수들은 각자의 역할이 무작위로 부여된 것이며 언제든 실험을 그만두고 떠날 수 있다는 말을 들었다.

- 이 실험은 원래 2주간 진행될 예정이었으나, 단 실험 6일째가 됐을 때 놀라운 변화가 일어났다. 죄수들이나 교도관들 모두 놀라울 정도로 자신들의 역할에 익숙해진 것이다. 죄수들은 온순하고 순종적이며 내성적으로 변했고 자신들이 그곳에 자발적으로 참여하게 됐다는 사실을 잊은 것처럼 보였다. 교도관들은 공격적이고 고압적이며 점점 더 사디스트적으로 변했다. 그들은 점점 더 잔인하고 비인간적으로 죄수들을 다뤘으며, 결국 몇몇 죄수들은 엄청난 충격을 받고 1주일이 채 되기도 전에 짐바르도에게 실험을 중단할 것을 요구하기에 이르렀다.

스탠퍼드 감옥 실험은 당시는 물론 이후에도 엄청난 논란을 일으켰지만, 사회적 혹은 문화적으로 구축된 '사회적 스크립트'가

제도나 역할을 통해서 영향을 받으면 구성원의 행동에도 지대한 영향을 미칠 수 있다는 것을 입증했다. 그리고 유니폼과 선글라스라는 한두 가지 간단한 소품만 있으면 누구든 사디스트로 변할 수 있다는 것을 보여 주었다.

성장에 대해 우리가 알아야 할 것

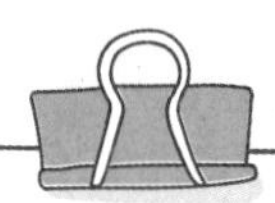

인간의 정신이 어떻게 발달하고 학습하는지를 연구하는 것은 '발달심리학developmental psychology'이라고 알려져 있다. 발달심리학의 일부 영역은 철학으로 넘어가면서, 지식과 지식 습득에 대한 상반된 철학인 '생득설nativism'과 '경험론empiricism'을 포함해 오래된 논쟁들을 다루기 시작했다.

경험론, 합리주의, 그리고 생득설

경험론은 모든 지식은 경험에서 비롯되며, 발달 관점에서 경험주의는 유아의 사고를 빈 서판으로 본다. 즉 어린아이는 사전 인지 구조가 없으며 그것은 세상과 상호 작용하면서 발달한다는 것이다. 그러나 경험주의는 최소 플라톤Plato, c.428–347 BC 시대 이래로 지속해서 도전받아 왔다. 흥미롭게도 플라톤은 감각 상대주의를 한 사례로 사용하여 모든 지식은 세상을 경험한 데서 기원하는 것이 분명하다는 주장을 반박하면서 경험이 오해의 소지가 있다는 사실을 지적했다.

만약 한 사람이 눈보라가 치는 밖에서 방 안으로 들어오고, 또 다른 사람은 벽난로에 불을 지핀 후 방안으로 들어오면 그들은 그 방이 더운지 추운지를 놓고 의견이 엇갈릴 것이다. 이 실험의 잘 알려진 현대판 버전에서는 어린아이들에게 감각이 어떻게 작동하는지를 가르친다. 아이들은 한 손을 더운물이 담겨 있는 그릇에 넣고, 다른 한 손은 얼음처럼 찬물에 넣은 다음, 두 손을 미지근한 물에 담그고 물의 온도를 측정하게 했다.

플라톤은 이성과 논리가 지식의 기초가 된다(논리는 2 더하기 2는 4와 같이 어떤 것이 반드시 사실이라는 것을 보여 줄 수 있다)는 합리주의를 지지했다. 그러나 플라톤은 또 다른 대안인 생득설을 인정하기도 했다. 생득설은 지식을 정신의 선천적 혹은 고유한 것으로 본다. 경험주의, 합리주의, 생득설 간의 논쟁은 발달심리학과 해당 분야의 가장 영향력 있는 이론들이 발전하면서 전개되기 시작했다.

발달심리학의 역사 개괄

어린아이의 발달심리를 처음 과학적으로 고찰하려던 시도를 한 사람은 아마도 찰스 다윈Charles Darwin일 것이다. 그는 1877년 그의 아들 도디Doddy가 어떻게 의사소통을 시도하는지를 관찰한 것을 토대로 한 연구를 발표했다. 그 이후 1882년 독일의 심리학자 빌헬름 프라이어Wilhelm Preyer, 1841-1897가 역사적인 저서 《아동심리The Mind of the Child》를 출간하며 발달심리학의 공식적인 시작을 알렸다. 그의 저서 역시 자신의 딸을 생후 2년 5개월간 면밀하게 관찰한 것을 토대로 썼다.

프로이트의 심리 성적 이론(구강기에서부터 남근기까지)

프로이트는 어린 시절을 평생의 성격 특성을 보여 주는 근거로 봤다. 그는 태어나면서부터 가진 일종의 심리 성적 에너지 혹은 동력인 리비도를 중요한 원동력이라고 주장했다. 이는 궁극적으로 심리 성적 발달 이론psychosexual theory of development으로 발전했다. 이 이론에 따르면 성감대에 따라 규정된 발달기로 이루어져 있으며, 발달기마다 성 에너지가 집중되는 성감대가 존재한다. 중요한 심리 성적 발달기는 다음과 같다.

- 구강기oral stage는 입과 입술을 중심으로 발달한다. 이 시기에 유아는 액체를 빨거나 음식 또는 다른 물건을 입에 넣으면서 기쁨을 얻는다. 프로이트는 구강기의 유형으로 향후 성격을 예측할 수 있다고 주장했다. 예를 들어 입에 물건을 넣는 것에 특히 집착하

는 아이의 경우oral incorporation(이는 구강 합일화로 알려져 있다) 나중에 탐욕스럽고 물질주의적인 사람으로 성장할 가능성이 있다. 입과 관련해서 공격적인 성향을 보이거나 깨무는 것biting을 좋아하는 아이는 나중에 빈정거리거나 냉혹한 사람이 될 가능성이 있다. 깨무는 것과 관련해서는 '신랄한 위트biting wit'나 '분노를 내뿜다spewing bile'와 같은 영어 표현을 통해서 그 특징을 알 수 있다.

- 한 살에서 두 살 정도의 시기를 항문기anal stage라고 한다. 이 시기에는 배변과 소변의 통제력이 발달하는 시기로 성 에너지가 대변을 배출하는 것에서 발생한다. 프로이트는 배변 훈련이 나중에 인격 형성에 큰 영향을 미친다고 지적했다. 걸음마를 배우는 아이들이 배변 통제를 하지 못한 이유로 심하게 야단을 맞을 경우, 배변을 잘못한 것에 대한 두려움으로 배변을 지나치게 신경쓰게 될 수 있다. 이 경우 나중에 인색하거나 이기적인 성격의 소유자로 성장할 수 있다. 배변 활동을 잘해서 칭찬받은 어린아이의 경우 항문 배출anal expulsive 성격이 될 수 있으며, 나중에 도량이 넓고 창의적인 사람이 될 가능성이 있다.

- 프로이트는 어린아이들이 두 살에서 세 살 사이 남근기에 진입한다고 말했다. 프로이트는 이 시기의 여아와 남아 모두 생식기에 성감대가 집중되어 있다고 말한 바 있으므로 이 시기를 생식기 genital stage라고 부르는 것이 더 적절한 듯 보인다. 그러나 프로이트 심리학파의 전문 용어로 성기 단계는 나중에 사춘기 즈음에 발생한다. 남근기에 아동의 무의식 세계에서는 강력한 심리 성적 드라마가 펼쳐지고, 이는 거세 불안castration anxiety, 남근 선망penis envy, 오이디푸스적 갈등Oedipal conflict(이 경우 남아는 어머니에 대해 근친상간적인 욕망과 아버지에 대한 경쟁심을 키우게 됨)과 같은 현상으로 발전하며 초자아의 형성으로 이어졌다.

- 남근기에 이어 잠재기가 뒤따른다. 이 기간에는 리비도만 사춘기에 다시 분출되고 생식기를 촉발한다. 이 단계에서 청소년의 애정의 대상과 욕망은 부모에서 동년배로 옮겨가며, 심리 성적 충동은 자기애적인 것에서 나눔, 이타심, 사랑을 포용하는 쪽으로 옮겨갔다.

성과 생식기를 강조한 프로이트의 견해는 동시대인들의 분노를 얻었고 이로 인해 그를 추종하는 이들은 그에게서 등을 돌렸다. 그래서 문화적 영향은 지대했음에도 그의 이론이 발달심리학에 미친 영향은 그리 크지 않다. 이는 그가 제시한 증거를 뒷받침할 근거가 부족하고 실험을 통한 입증을 하지 못했기 때문이다.

스키너와 베이비 박스

실험과 관찰 가능한 것에 대한 이론을 구축하는 일의 중요성은 행동심리학파가 탄생하게 된 원동력이었다. 행동주의Behaviorism는 엄격하게 말해서 경험주의적이며, 학습은 조건화conditioning로 알려진 과정에서 환경과의 상호 작용을 통해서 일어났다고 주장했다. 파블로프Pavlov의 개 실험(136쪽 참조)은 조건화를 잘 보여준 대표적 사례다. 이 실험에서 행동은 환경에서 발원한 자극을 통해서 유발된 반응이다. 미국의 영향력 있는 행동주의 심리학자 벌허스 프레더릭 스키너Burrhus Frederic Skinner, 1904-1990는 조작적 조건화operant conditioning라는 개념을 창안했다. 그의 주장에 따르면 행동은 강화를 통해서 학습하거나 혹은 좀 더 정확하게 말해서 훈련된다.

파블로프의 '환경을 통제하면 행동에 질서가 생기는 것을 볼 것이다.'라는 주장에서 영감을 받은 스키너는 쥐를 엄격하게 통제한 환경에서 조작적 조건화가 가능함을 입증하기 위한 실험 기구를 고안했다. 나중에 스키너 상자로 알려진 이 기구는 빛과 소리가 통과할 수 없는 정육면체로 한 면의 길이는 약 30cm이다. 이 상자 안에는 레버 혹은 열쇠, 막대와 같은 장치가 있어서 그것을 누르면 보상이 나온다(예를 들어, 이 장치를 누르면 먹이가 그릇 안으로 나온다). 이 레버는 조건화된 모든 임무나 행동에 대해서 긍정적 강화positive reinforcement를 제공한다. 부정적 강화negative reinforcement는 큰 소음이나 전기가 통하는 바닥을 통해 발생된다.

스키너는 긍정적 혹은 부정적 강화를 통한 조작적 조건화로 아동 발달을 포함하여 사실상 인간의 모든 행동을 설명할 수 있다고 믿었다. 그는 자신의 이론들을 자녀들에게 적용하려고 했고, 1944년 어린 딸을 위해 '공기 침대air-crib(혹은 베이비 박스)'를 제작했다. 이것은 냉난방이 되는 침대로 안전하고, 위생적이며, 쉽게 청소할 수 있고, 안락한 장소를 아기에게 제공했다. 그리고 아이를 과도하게 이불로 쌀 필요가 없어서 아기 부모의 삶을 좀 더 편안하게 만들었다. 이 아기 침대는 부모가 아이를 돌보기 편안한

높이까지 잠자는 공간이 올라가게 제작되었으며, 아이는 안전을 위협받지 않는 위치에서 주변을 좀 더 잘 볼 수 있었다.

스키너의 딸은 생후 2년 동안 이 침대에서 잠을 자고 놀이를 했으며, 약 300개의 공기 침대가 판매됐다. 후속 연구들은 안전하고 유익한 환경을 제공하는 데 성공했지만, 상업적으로 성공을 거두지는 못했다. 이 공기 침대가 대중들에게 스키너 박스와 비인간적인 조건화 실험을 당하는 실험실의 동물들을 연상시켰기 때문이다.

파블로프의 개들

러시아의 심리학자 파블로프는 신경 통제를 통해서 개의 소화 기능 및 타액 분비에 대한 통제가 가능함을 입증한 자신의 연구로 1904년 노벨상을 받았다. 이 과정에서 그는 개의 타액과 위액 분비물의 체내 수집(즉 생물체를 활용한)을 위한 외과적 기술을 완성했고, 심리 작용에 대한 행동 반응을 조사하고 수량화하는 데 사용할 수 있는 실험 도구를 제공했다. 파블로프는 먹이를 주는 사람을 본 개들이 침을 흘리기 시작한 것을 관찰했다. 그는 개의 이러한 반응을 '심리적 타액 분비psychic salivation'라고 불렀다.

파블로프는 이 반응을 고찰한 후 침 분비 반응을 자연 자극natural stimulus(예: 먹이를 감지)에서 종 울리기와 같은 중립 자극neutral stimulus으로 이전하도록 개들을 조건화할 수 있음을 입증했다. 그는 개들이 무조건 자극unconditional stimulus, UCS에 대해 무조건적 반응unconditioned response, UCR을 보이다가 조건 자극conditional stimulus, CS에 대해 조건적 반응conditioned response, CR을 보이게 되는 과정을 지칭하는 전문 용어를 고안했다. 심지어 이 용어는 대수적 공식화algebraic formulations에도 기여했다.

앨버트 반두라의 사회 학습

행동주의는 2차 세계 대전 이후 인기가 시들해졌지만, 조건화는 여전히 학습을 설명하는 데 중요한 개념이었다. 특히 캐나다 출신 미국의 심리학자 앨버트 반두라Albert Bandura, 1925-의 사회 학습 이론에서 독보적인 위치를 차지했다. 사회 학습 이론은 행동주의와 인지심리학 사이에서 가교와 같은 역할을 했으며, 프로이트 학파의 이론적 요소들까지 담고 있었다. 반두라의 모델에서 조작적 조건화는 인지 과정에 의해 중재되었다. 특히 어린아이가 사회적 모델을 관찰하여 정신 모델로 구축하는 데 사용할 때 그렇다. 그는 어린아이들이 자신들의 주변 세상을 관찰하고, 목격한 행동들을 부호화한 다음, 정신 모델을 따라 하면서 모방하려고 한다고 주장했다. 이것을 입증한 유명한 실험이 보보 인형 실험 Bobo doll experiment(142쪽 참조)이었다. 그 결과 나타나는 행동들은 사회적 환경에서 획득하게 되는 피드백을 통해서 긍정적 혹은 부정적으로 강화가 된다.

이 모델은 성별에 따른 행동의 원인을 설명하는 데 도움을 줄 수 있다. 사회 학습 이론에 따르면 남아와 여아는 적절한 롤 모델로 여겨지는 것에 따라 그들의 행동을 모방한다. 그리고 어떻게 자신들의 행동이 전형적인 성역할에 일치하는지에 따라서 긍정적 또는 부정적 강화를 얻는다. 이것은 그에 따른 아동의 행동을 형성하는 데 영향을 미친다.

반두라는 무엇이 모방을 부추기는지, 그리고 그것이 아이에게 미치는 영향을 설명하기 위해 프로이트의 개념을 사용했다. 프로이트는 아이가 자신을 롤 모델과 동일시하고 선망하는 이미지를 내면화함으로써 어떻게 인정을 받고 자존감을 강화하는지를 논의했다. 이와 비슷하게 반두라도 어린아이들은 다른 사람의 행동을 모방하면서 본보기가 된 사람의 신념, 태도, 가치관도 모방하게 된다고 주장했다.

유대감과 애착

행동주의는 인지와 감정을 '단순히' 조건화된 반응으로 치부하고 깎아내린다는 점에서 냉정하고 비인간적인 접근법으로 묘사되는 경우가 많았다. 예를 들어, 행동주의 심리학자들은 아이들이 부모에게 갖는 애정이 타산적인 이유 때문이라고 주장한다. 즉 아이들의 부모에 대한 사랑은 부모가 제공하는 자원을 얻어내기 위한 합리적인 반응이라는 것이다. 행동주의 심리학자들은 갓난아이의 울음이 부모의 관심을 유도하는 불쾌한 자극으로 작용한다고 설명한다. 부모는 이 불쾌한 자극을 완화하기 위해서 아이를 보살피게 된다고 주장했다. 그러나 부정적 자극의 노출을 제한하기 위해 부모가 할 수 있는 가장 편한 방법은 아이를 보살피는 것이 아니라 아이에게서 멀어지는 것이라는 점에서 이와 같은 주장은 명백한 결함을 갖는다.

존 볼비의 애착 이론

대안적이고 좀 더 인간적인 접근법이 영국의 정신과 의사 존 볼비John Bowlby, 1907-1990의 연구를 통해서 탄생했다. 그는 1930년대와 1940년대 문제 아동들의 관찰을 통해서 유년기의 무관심과 후일의 정서적인 문제 사이의 연관성을 주장했다. 볼비는 생득설을 주장했으며, 진화를 통해서 인간은 선천적으로 애착을 갖게 된다는 이론을 제시했다. 그는 오스트리아의 생태학자 콘라트 로렌츠Konrad Lorenz, 1903-1989의 1930년대 동물 각인 연구에서 영향을 받았다.

볼비의 주장은 다음과 같이 정리할 수 있다.

- 그는 유아들이 안락함과 보살핌을 구하고, 부모가 이를 제공하는 것은 진화론적 관점에서 일리가 있다고 믿었다.

- 따라서 동물들은 종 고유의 메커니즘을 발달시켜서 유대감과 애

착을 강화한다. 이는 인간도 마찬가지다. 영유아들은 본능적으로 볼비가 말한 '사회적 해소social releasers' 행동을 보여 준다. 예를 들어, 울음은 부모의 보살핌 반응을 유도하며, 부모는 울음이라는 자극에 본능적으로 반응하게끔 프로그램되어 있다.

- 어린아이와 성인 모두 애착의 유대감을 형성하도록 프로그램되어 있으며, 적어도 초기에 어린아이는 본능적으로 기본적인 애착을 형성한다고 볼비는 주장했다. 그는 이러한 애착을 순수한 업무적인 현상이 아닌 '인간들 사이의 영속적인 심리적 연결성'으로 봤다.

- 그것은 뒤이어 일어나는 건강하고 잘 적응된 발달의 근간이 되며, 영유아에게 세상을 탐험하고 타인과 상호 작용을 해도 괜찮다는 안도감과 확신을 줬다.

보보 인형과 놀이 그리고 공격성

반두라는 '보보 인형'과 관련된 실험으로 모델링을 통해 자신의 사회 학습 이론을 입증했다. 보보 인형은 바닥 부분에 무게추가 달린 대형 풍선 광대 인형으로 쓰러뜨리면 오뚝이처럼 다시 올라왔다. 그의 실험에서는 3세에서 6세의 남아들과 여아들이 방에서 놀고 있을 때 어른 한 명이 들어와서 어른 키만한 보보 인형을 주먹으로 때리고 발로 차는 것을 보여 준다. 이후 어린 아이들에게 갖고 놀 수 있도록 아이 키만한 인형을 줬을 때, 반두라는 공격적인 어른 '모델'을 본 아이들은 인형에게 공격적인 행동을 할 가능성이 훨씬 크다는 것을 발견했다. 또한, 남아가 여아보다 좀 더 공격적일 가능성이 컸으며, 성인 남성의 행동을 모방할 가능성도 더 크다는 것을 확인했다. 그뿐만 아니라, 비디오 영상을 통해서 그러한 공격적 행위를 본 경우에도 공격적인 반응을 보일 가능성이 있었다.

반두라는 이 실험이 자신의 사회 학습 이론을 뒷받침하는 확실한 근거가 된다고 생각했다. 또한, 이 실험은 TV나 비디오 게임의 폭력적인 이미지가 쉽게 외부의 영향을 받는 어린아이들의 정신에 잠재적으로 '악영향'을 줄 수 있다는 것을 보여 준 사례로 많이 인용된다. 그러나 반두라의 연구는 어린아이들의 반응을 잘못 해석했다는 비판을 받고 있다. 이는 어린아이들의 공격적인 행동은 폭력적이라기보다 장난에 좀 더 가까웠다. 그리고 그 아이들이 그렇게 행동했던 이유는 그렇게 행동하라는 지시를 받는다고 느꼈기 때문이었다.

볼비는 어린 시절의 애착 관계 결여maternal deprivation(일명 '모성 박탈')가 나중에 심각한 결과로 이어질 수 있다고 믿었다. 방치되거나 어머니의 사랑을 받지 못하고 자란 어린아이는 내성적인 성격이 되거나 발달 측면에서 문제가 될 수 있으며, 성인이 되어서도 부적응적인 행동과 심리를 드러낼 수 있다. 볼비는 모성 박탈을 경험한 아동에게 나타날 수 있는 결과로 비행, 지적 능력 저하, 공격성, 및 우울감 등을 꼽았다. 그의 이론들을 뒷받침하는 몇몇 증거들은 해리 할로Herry Harlow, 1905-1981가 수행한 원숭이 모성 분리 실험을 통해서 제공되었다.

어미 없이 자란 원숭이

미국의 심리학자 할로는 1959년부터 원숭이들을 참여시킨 일련의 논란이 된 실험을 통해서 모성 분리와 유아의 애착 관계 필요성에 대한 문제들을 관찰하기 시작했다. 그 실험은 갓 태어난 원숭이들을 어미들로부터 떨어뜨린 다음, 두 '대리모들'과 함께 우리에 격리해서 따로 키웠다. 대리모 중 하나는 철사로 만든 것이고 다른 하나는 푹신한 털로 만든 것이었다. 할로는 실험에서 철사로 만든 어미가 우유병을 들고 있는 것을 보여 주었지만 원숭이들은 푹신한 털로 만든 어미에게 매달려서 시간을 보내는 것을 더 좋아했다. 할로가 겁을 주기 위해서 테디 베어 드럼 인형을 우리 안에 넣으면 원숭이들은 늘 털로 만든 대리모에게로 달려갔다.

이 실험은 다음의 몇 가지 항목을 증명한 것처럼 보인다.

- 생명 유지를 위해 단순히 먹이를 주는 것은 애착을 유발하는 원동력이 되지 못하며, 안전과 편안함이 먹이보다 더 중요하다는 것을 보여 준다. 어미와 격리된 원숭이들이 어른이 되었을 때 상당히 불안한 혹은 올바르지 못한 행동을 보였다. 이 원숭이들은 다른 원숭이들과 관계를 맺기 위해서 최선을 다했지만, 내성적이거나 공격적인 성격이 되었으며, 짝짓기하는 법을 몰랐다. 어미 없이 자란 암컷 원숭이들은 새끼를 낳아도 돌보지 않는 어미가 됐다.

- 그러나 비평가들은 혼자 자란 새끼 원숭이들의 그릇된 행동이 단순히 어린 시절 어미의 훈육을 받지 못한 결과 그리고 사회적 행동을 배울 수 있는 롤 모델 부재의 결과로 볼 수 있다고 지적했다.

- 흥미롭게도 볼비의 주장과 달리 어미 박탈의 결과는 최소한 부분적으로나마 뒤집을 수 있다는 것이 후속연구를 통해서 확인됐다. 일종의 치료사 원숭이(혼자 자란 원숭이들보다 어린 암컷 원숭이)를 등장시켜, 그들과 우리를 나누어 쓰게 하면 어미 없이 자란 원숭이들도 사회화가 더 잘 되고, 변화된 환경에 잘 적응하게 됐다.

- 할로는 1962년 푹신한 털로 만든 어미와 함께 있었던 원숭이들과 완벽하게 혼자 자란 원숭이들을 비교하였고, 완벽하게 혼자 자란 원숭이들이 자신의 몸을 감싸 안고 마구 흔드는 등 심각할 정도의 불안 행동을 보인다는 것을 발견했다. 그리고 나중에 두려워하거나 공격적인 태도를 보인 다른 원숭이들을 보여 주면 자해 행위를 하는 경향이 있었다. 할로는 후일 연구 윤리의 문제로 많은 비판을 받았다.

로렌츠, 각인 그리고 첫눈에 생기는 애착

콘라트 로렌츠Konrad Lorenz는 거위의 각인 현상에 대한 실험으로 명성을 얻었다. 그는 거위 새끼가 부화할 때 시야에 들어오는 것은 무엇이든 강한 애착을 느끼게 되는 결정적 시기가 존재한다는 것을 발견했다. 다시 말해, 중요한 시각 자극을 각인하도록 유전적으로 프로그램돼 있다는 것이다. 자연에서는 이 기간 동안 새끼의 시야에 들어오는 생물체가 새끼의 보호자가 된다. 로렌츠는 이 각인 현상과 관련해서 시선을 끌 만한 시연을 수행했다. 이 실험에서 그는 거위 알을 격리한 후 갓 부화한 새끼 거위 절반에게는 암컷 거위를 각인하도록 했고, 나머지 절반은 로렌츠 자신을 기억하게 했다. 그런 다음, 이 거위 새끼들을 상자 밑에 한데 모아두고, 거위들이 서로 마주보게 배치했다. 이후 상자를 들어 올렸을 때, 한 무리의 거위 새끼들이 두 집단으로 정확하게 나누어지기 시작했다. 한 집단은 로렌츠를 향해서 이동했고, 나머지 한 집단은 암컷 거위에게로 향했다.

로렌츠와 다른 연구자들은 부화 후 12시간에서 17시간 사이가 각인의 중요한 시기라는 것을 발견했다. 그리고 32시간 안에 이러한 각인이 일어나지 않으면 영원히 각인은 일어나지 않는다는 사실도 알아냈다. 각인은 단 한 번의 없는 돌이킬 수 없는 경험으로 알려져 있다. 로렌츠는 적어도 몇몇 생명체에게 애착은 본능이고 뇌에 새겨져 있는 반응이라는 것을 입증한 것이었다.

애착 유형 및 낯선 상황

애착은 통일된 하나의 과정이 아니다. 1964년 한 연구에 따르면 생후 3개월이 지나면 영아들은 모든 양육자에게 같은 애착을 드러내지만, 생후 4개월부터는 주요 양육자들을 구분하고, 7개월째부터는 한 양육자에게 우선적인 애착감을 분명하게 표시하기 시작한다. 생후 12개월에서 18개월 사이의 영아는 그 양육자에게 강한 애착을 느끼고 그 양육자에게서 떨어질 경우, 상당한 스트레스를 받는다. 이는 '분리 불안separation anxiety'으로 알려져 있다. 하지만 애착의 궁극적인 목표는 세상을 탐구하고 독립적인 인간이 되는 과정인 분리를 촉진하기 위한 것이다.

미국계 캐나다인 발달 심리학자 메리 애인스워스Mary Ainsworth, 1913-1999가 1978년에 수행한 잘 알려진 한 연구에서는 다양한 유형의 애착과 그것들이 분리 과정에 미치는 영향을 고찰했다. 그녀의 '낯선 상황 패러다임Strange situation paradigm'에서 일련의 상황들로 생후 12개월에서 18개월 된 유아들을 테스트했다. 아이들은 엄마가 참석한 자리에서 함께 놀다가 낯선 사람을 만나고 그 사람하고만 남겨진 상황, 완전히 혼자 남겨진 상황, 그러다가 엄마와 다시 만나는 상황을 경험했다. 애인스워스는 이 다양한 시나리오에 아이들이 어떻게 반응하는지 관찰한 결과를 바탕으로 애착의 유형을 다음과 같이 세 가지로 분류했다.

- 안정 애착형securely attached 아기들은 낯선 방을 살펴보는 것을 즐기지만, 그들의 엄마와 관련해서는 엄마가 방을 나가면 울음을 터뜨리고 낯선 사람이 달래도 안정을 찾지 못하며 엄마가 다시 돌아오면 접촉하려고 했다.

- 불안 회피형anxiety-avoidant 아기들은 엄마에게 관심을 덜 가지며, 혼자 남겨지면 울음을 터뜨릴 수 있지만, 낯선 사람이 달래면 안정된다.

- 양가형ambivalent 아기들은 엄마와 함께 있을 때도 울음을 터뜨리고 불안정해 보이며, 엄마와 분리됐을 때 몹시 불안해하지만, 엄마가 돌아왔을 때 양면적인 행동을 하고, 접촉을 원하는 한편 엄마를 밀쳐내고 쉽게 달래지지 않는다.

애인스워스의 애착 유형 분류는 환원주의적이고 단순하며 불완전하다는 비판을 받아왔다. 또한, 지나치게 단정적이기 때문에 정상적인 행동을 질병으로 간주하고 그 책임이 엄마에게 있는 것처럼 보이게 만든다는 지적을 받았다(엄격한 어머니가 아동 자폐증의 원인인 경우, 158쪽 참조)

사고 학습

행동주의나 애착 이론 모두 인지 발달 분야와 관련해서는 큰 성과를 거두지 못했다. 인지 발달 분야의 두 명의 권위자로는 스위스의 과학자 장 피아제Jean Piaget, 1896-1980와 러시아의 심리학자 레프 비고츠키Lev Vygotsky, 1896-1934가 있다. 레프 비고츠키는 아이들이 사고와 사회화를 배우는 방법과 이유, 그리고 어떻게 이 두 과정이 상호 작용하는지를 밝히기 위해 노력했다.

피아제와 구성주의

피아세Jean Piaget는 원래 자연사와 철학을 공부했지만, 심리학에 관심을 가지면서 1920년경 프랑스 계량 심리학자 알프레드 비네Alfred Binet, 1857-1911와 함께 작업했다. 피아제는 현대 IQ 검사의 전신이었던 테스트들을 점검하면서 어린아이들이 일관되게 같은 종류의 실수를 저지른다는 사실을 발견했다. 그는 아이들의 사고가 어른의 사고와는 분명 다를지 모른다는 사실에 흥미를 느꼈다. 이는 결국 모든 아동이 겪게 되는 보편적 인지 발달 단계 이론을 수립하는 계기가 됐다. 그의 접근법 혹은 철학은 학습을 구성 과정으로 간주한다는 점에서 때론 '구성주의constructivism'라고 불린다. 그러나 피아제는 자신을 유전학적 인식론자(인식론은 '지식'을 연구하는 학문이고 '유전학'은 기원을 의미하므로, 유전학적 인식론자는 지식과 학습의 발달을 연구하는 사람을 말한다)라고 생각했다.

피아제는 아동의 문제 해결 및 세상과의 상호 작용 방식을 연구했다. 일반적으로 그는 놀이를 시키거나 문제를 해결하게 했던 아동을 개별적으로 관찰하곤 했다. 특히 이 아이들은 새로운 방식으로 문제를 풀거나 해결했다. 60년에 걸쳐 피아제는 4단계로 이루어진 아동의 인지 발달 모형을 구축했다.

보이지 않아도 눈앞에 존재하는 것

대상 영속성object permanence이란 사물을 볼 수 없을 때조차도 그것이 계속 거기 있다는 것을 이해하는 능력을 말한다. 어린아이에게 좋아하는 장난감을 보여 주면 기뻐한다. 하지만 담요로 그 장난감을 덮을 경우, 생후 8개월 미만의 아이는 선뜻 담요 밑을 들여다볼 줄 모르고 혼란스러워하거나 화를 내다가 그냥 포기하고 다른 데로 가버린다. 아이는 눈에 보이지 않으면 사물이 거기 없다고 생각하는 듯하다. 마찬가지로 뇌 앞부분의 영역으로 고등수준의 논리, 기획과 연관이 있는 전전두엽 피질prefrontal cortex에 병변이 있는 원숭이들은 대상 영속성을 갖고 있지 않다. 생후 8개월이 안 된 아이들의 경우 이 능력을 갖출 만큼의 전전두엽 피질의 발달이 덜 되었다는 것을 의미했다. 대상 영속성은 아이들이 자신이 볼 수 없다면, 타인도 자신을 볼 수 없을 것이라고 믿는 현상과는 다르다(마음 이론, 154쪽 참조). 그러나 이 현상은 어른이 얼굴을 가리고 '피카부peekaboo'라고 외치는 게임을 좋아하는 어린아이들의 심리를 설명할 수도 있다.

- **감각 운동기**sensorimotor(0세~2세)

- **전 조작기**preoperational(2세~7세)

- **구체적 조작기**concrete operational(7세~12세)

- **형식적 조작기**formal operational(12세 이상)

피아제의 주장에 따르면 각 단계에서 아이들은 각기 다른 수준의 발달을 이루지만, 이 발전이 반드시 선형적이지 않다. 특히 발달 단계 후반부에서는 발전이 나선형적이고, 한 단계에서 발전이 앞 단계를 반복할 기회를 제공하고, 이것은 더 큰 발전으로 이어지는 데 도움을 준다.

자기 중심성에서 불변성으로

감각 운동기의 아기는 선천적 반사 작용만 할 수 있다. 그리고 조정, 정신적 개념으로서의 외부 사물의 표현, 대상 영속성과 의도성 등의 인지적 발달과 함께 행동을 반복하고 새로운 것을 탐구할 수 있는 능력의 발달이 이루어진다(자아와 타인, 그리고 사물이 의미와 목적이 있다는 것을 이해함).

전 조작기의 어린아이들은 자기만의 관점(자기 중심성)에 갇혀 있다. 즉 특정 상황 중에서 그들의 관심을 끌 수 있는 어떤 일이 일어나든 오직 하나의 측면에만 초점을 맞춘다. 아이들의 사고는 논리적 흐름 없이 단순한 병치를 통해서 하나의 개념에서 갑자기 또 다른 개념으로 옮겨 간다. 그래서 아이들은 자신들의 생각을 논리적으로 설명할 수 없다.

이와 같은 제약들은 구체적 조작기를 통해서 서서히 해소된다. 이 시기에 어린아이들은 불변invariance 및 보존conservation 개념을 획득한다. 이러한 개념은 형태가 변해도 양에는 변화가 없고 유한하다는 것을 이해하는 능력을 말한다. 예를 들어, 좌우로 나란히 서 있는 성냥 6개비를 사각형으로 재배열해도 여전히 6개비이다. 또한 액체의 양은 깊이가 얕은 그릇에 담을 때나 기다란 유리컵에 담을 때나 똑같다. 불변성의 개념은 숫자, 길이, 질량, 면적, 무게, 시간, 부피 등의 정해진 순서에 의해서 획득된다. 형식적 조작기에 청소년들은 정신 모형 및 가설을 개념화하고 조작하는 법을 습득해서 높은 수준의 사고가 가능하다.

마음 이론

어린아이가 갖고 태어나지 않는 중요한 인지 능력 중 하나는 심리학자들이 '마음 이론Theory of mind'이라고 부르는 것이다. 다시 말해, 어린아이는 다른 사람들이 마음을 갖고 있다는 것을 인식하지 못하며 그들이 무슨 생각을 하고 있는지를 이해하지 못한다. 이를 구체적으로 보여 주는 전형적인 사례는 어린아이들이 눈을 가리고 하는 놀이이다. 눈을 가린 아이들은 자신이 보지 못하기 때문에 다른 이들도 자신들을 볼 수 없다고 생각한다.

마음 이론은 1978년 침팬지들을 대상으로 처음 수립된다. 영장류 동물학자인 데이비드 프리맥David Premack과 가이 우드러프Guy Woodruff는 먹이를 먹기 위해 눈을 가려 보지 못하는 조련사와 먹이가 어디에 있는지를 볼 수 있는 사람 중 누구에게 가야 하는지를 판단하게 하는 실험을 침팬지를 대상으로 수행했다. 두 연구자는 침팬지들이 마음대로 추측했을 때 성공률이 낮다는것을 발견했고, 침팬지들이 앞을 볼 수 없는 조련사의 처지에서 생각할 줄 모른다는 결론에 도달했다. 침팬지들은 자신의 처지에서만 사물을 볼 수 있었다. 피아제의 모델에서 이 시기는 자기중심적 시기와 일치한다고 말할 수 있다.

유아기 기억 상실과 신경 발생

생후 몇 개월 때 혹은 출생 당시를 기억한다고 주장하는 사람들이 있기는 하지만, 생후 18~24개월 전에는 아무것도 기억할 수 없고, 대개는 3~3.5세 전의 일을 기억할 수 없다는 것이 정설로 굳어져 있다. 하지만 7세가 될 때까지 어린아이들은 정상적인 망각에 의해 기억하지 못할 것으로 예상되는 것보다도 자전적인 장기 기억을 조금 더 갖고 있다. 프로이트는 이 현상을 '유아기의 두드러진 기억 상실remarkable amnesia of childhood'로 명명하고 유아기 기억은 심리 성적 발달의 일원으로 적극적으로 차단되거나 억압된다고 주장한 자신의 이론을 뒷받침하는 증거라고 생각했다.

또 다른 이론은 언어가 없으면 어린아이는 기록 가능한 형식으로 개념화할 수 없다는 것이다. 그러나 이 이론은 동물들에게도 유아기 기억 상실이 나타나는 이유를 설명하지 못할 뿐만 아니라, 신생아도 학습이 가능하고 기억을 형성할 수 있음을 보여 준 연구 결과와도 상충한다. 기억들이 만들어지고 있지만, 나중에 기억할 수 없다면, 그러한 기억들은 지워지거나 덮어쓰기가 된다. 어린 동물들의 경우, 해마와 같이 단편적 기억을 담당하는 영역에서 새로운 세포들이 여전히 생성되고 있고, 신경 조직 발생의 이 과정은 초기 기억들을 덮어쓰는 것으로 알려져 있다. 신경 발생 과정이 더뎌지면, 장기 기억은 사라지지 않고 계속 남아 있다.

마음 이론은 자폐증의 잠재적 메커니즘을 이해하는 데 있어 중요한 개념이다. 자폐증은 주요 축을 따라 인지 발달이 이루어지지 못한 것처럼 보이는 상태를 일컫는다. 심각한 자폐 장애가 있는 어린아이들은 나이가 더 들었을 때에도 샐리-앤 검사Sally-Anne text를 통과하지 못하는 경우가 많은데, 이는 이들이 마음 이론을 갖추지 못했고 일종의 '심맹mind blindness'을 앓고 있을 가능성을 시사한다.

다른 사람들을 개념화할 수 없다는 것은 사회적 상호 작용이 극도로 어렵다는 것을 의미한다. 이는 테니스를 치려고 하지만 반대편 테니스 코트를 볼 수 없을 때 비유할 수 있다. 유사한 맥락으로 마음 이론을 획득한다는 것은 명백한 적응력을 갖는다는 것을 의미한다. 이러한 능력을 갖춘 사람은 다른 사람들의 생각, 감정,

행동 등을 예측하거나 조종할 수 있다. 예를 들어, 어떤 사람이 언제 거짓말을 하는지 혹은 어떻게 하면 그럴듯한 거짓말을 할 수 있는지 알 수 있다. 더불어 마음 이론의 획득은 인간의 인지적 진화에서 상당히 중요한 단계였을지 모른다.

지적 진화 이론 중에서 마키아벨리 지능 가설로 알려진 이론은 사회적 지능과 증가한 사회 복잡성 사이에 피드백 루프feedback loop(어떤 시스템에서 처리 결과의 정밀도와 특성 유지를 위하여 입력, 처리, 출력, 입력의 순으로 결과를 자동으로 재투입하도록 설정된 순환 회로)의 결과로서 지능이 진화한다고 주장한다. 마음 이론은 이를 촉구하는 데 중요한 역할을 했을 것이다. 좀 더 긍정적으로 말하면 마음 이론은 연민과 공감의 바탕을 이루며 친 사회적이고 협조적인 행동을 이끈다.

샐리-앤 실험

어린아이의 마음 이론을 명쾌하게 보여 주는 검사는 샐리-앤 실험으로,

다른 사람이 잘못된 믿음을 갖고 있을 수 있다는 것 그리고 그에 따라 행동할 수 있음을 이해하는 것이다. 한 아이가 샐리와 앤 이라는 두 인형 사이에 펼쳐지는 작은 드라마를 보고 있다. 샐리는 바구니 안에 공 하나를 넣었다. 샐리가 자리를 뜨자 앤이 그 공을 상자 안으로 옮긴다. 그 후 샐리가 돌아와서 그 공을 찾으려고 한다. 이때 아이에게 질문한다. "샐리가 어디를 찾아봐야 좋을까?" 프리맥과 우드 러프의 실험 침팬지들처럼 3세 미만의 아이들은 타인의 처지에서 생각할 줄 모른다. 그래서 아이는 자신이 그 공이 어디에 있는지를 알기 때문에 당연히 샐리도 그 공의 위치를 알고 상자 안을 들여다 볼 것으로 생각한다. 마음 이론이 발달한 4세 이상의 아이들은 샐리가 잘못 알고 있다는 것을 알고 있으며, 샐리가 그 공이 바구니 안에 있으리라 생각하고 그곳을 찾아보리라는 것을 안다.

자폐증과 아스퍼거 증후군

"자아"를 의미하는 그리스어에서 유래한 자폐증은 20세기 초 비정상적으로 내성적인 정신 분열증(조현병)을 기술하는 데 제일 처음 사용됐다. 1943년 미국의 아동 심리학자 레오 캐너Leo Kanner, 1894-1981가 지능이 상당히 높지만 혼자 있고 싶어하고 극도로 강한 욕구을 보이며 같은 것에 대한 강박적 집착을 드러내는 어린아이들을 묘사하기 위해서 조기 유아 자폐증

early infantile autism이라는 용어를 사용했다. 1944년 독일의 과학자 한스 아스페르거Hans Asperger, 1906-1980는 강박적인 관심과 사회성이 극도로 부족하면서 지능이 상당히 높은 어린아이들을 자신의 이름과 같은 아스퍼거 증후군이라고 묘사했다. 오늘날 아스퍼거 증후군은 자폐 장애 특성의 스펙트럼에서 정상 범위의 가장 끝에 가까운 어린아이들을 기술하는 용어로 사용된다. 이때 중증 자폐 증상의 경우 이 스펙트럼의 반대쪽에 위치한다. 자폐 영역의 여러 측면은 자폐증의 묘사 및 낙인찍기에서부터 자폐증의 진단 증가 및 두드러진 확산과 발병 그리고 짐작되는 원인에 이르기까지 논란의 대상이다. 예를 들어, 지금은 여성 혐오증적이면서 신빙성이 없는 이론으로 치부되고 있지만, 한때 유명했던 오스트리아 출신의 미국인 아동 심리학자 브루노 베텔하임Bruno Bettelheim, 1903-1990이 1960년대 개발한 이 이론은 자폐증의 발현을 정서적으로 냉정하고 무관심한 어머니와 연관시켰다.

비고츠키 그리고 사회와 문화

피아제의 지적 발달 이론(149쪽 참조)은 개인에 초점을 맞추며 보편적이다. 그 이유는 그의 이론이 모든 어린아이가 같은 단계를 거친다고 주장하기 때문이다. 대안적이고 상당히 영향력 있는 인지 발달 이론은 피아제가 1920년대와 1930년대 자신의 이론들을 개발 중이던 때와 비슷한 시기에 소비에트 연방의 심리학자 레프 비고츠키Lev Vygotsky에 의해 개발됐다. 그의 사회 발달 이론은 사회와 문화의 중요성을 강조한다. 피아제 이론에서 어린아이는 거의 진공 상태에서 발달하는 반면 비고츠키의 어린아이는 사회의 인풋 결과 그리고 해당 문화 특유의 방식으로 발달한다. 피아제는 지적발달이 먼저 이루어져야 학습이 가능하다고 주장하지만, 비고츠키는 학습이 인지 발달을 촉발한다고 생각했다.

촘스키와 내재한 언어 체계

피아제의 모델(151쪽 참조)에서 언어는 사고 뒤에 따라온다. 즉 어린아이는 먼저 개념을 발달시키고 나서 개념에 대한 어휘를 학습한다. 비고츠키는 이를 반대로 생각했다. 인지 능력은 처음에 언어와 별개로 발달하다가 언어적 사고를 생산하기 위한 언어의 내면화를 통해서 급성장하게 된다. 그러므로 언어 습득이 인지 발달을 촉진한다고 믿었다. 그러나 두 모델 모두 놀라울 정도의 속도와 재능을 가진 아주 어린 아이들이 언어적 재능을 갖고 있는 것을 설명해야 하는 과제에 직면하고 있다. 예를 들어, 어머니의 자궁 속에서 들었던 발화패턴을 신생아가 기억할 수 있으며, 생후 12개월 미만의 유아는 언어를 음절 강세와 같은 신호를 사용해서 낱말 덩어리chunk로 분석할 수 있다. 모든 아이가 3세쯤 되면 완전히 새로운 문장을 이해하고 생산하는 법을 알게 된다. 이를 미국의 언어학자 노암 촘스키Noam Chomsky, 1928-는 '생성 문법generative grammar'이라고 불렀다.

언어 습득에 관한 촘스키의 이론은 언어 습득을 모방, 반복, 강화의 과정으로 보는 행동주의의 경험론에 반하는 생득설에 해당한다. 촘스키는 그러한 메커니즘들로는 유아들이 상대적으로 부족한 언어적 맥락, 즉 어른들이 유아들과 의사소통하기 위해 사용하는 일종의 유아어에서 어떻게 복잡한 규칙을 빠르게 배우는지 설명하기에는 불충분하다고 주장했다. 촘스키는 유아들이 일종의 내장된 인지 모듈이나 도구를 가지고 태어난다고 믿었다. 그는 이것을 유전적으로 암호화된 보편 문법Universal Grammar으로 구축된 언어 습득 장치language acquisition device, LAD라고 불렀다.

유아들이 획득하게 되는 언어적 인풋의 질과 관련된 촘스키의 주장은 현재는 잘못된 것으로 평가받고 있다. 유아들은 풍부하고 미묘한 구조적, 의미적 사인에 노출되어 있으며, 이러한 사인들이 그들의 언어 학습을 뒷받침해 주는 것으로 알려져 있다. 그 결과 어떤 특별한 언어 장치가 존재한다고 가정하는 것이 무의미할 수 있다.

읽기 학습

이론이 응용에 지대한 영향을 미칠 수 있다는 것을 보여 주는 사례라는 점에서 읽기 학습의 심리는 특히 흥미롭다.

- 읽기에 대한 주된 관점은 문자소(문자 체계에서 의미상 구별할 수 있는 가장 작은 단위)를 탈 부호화해서 음소(발화단위)로 바꾸는 법을 학습해야 한다는 것이다. 이는 '과정 중심 학습process-centered learning'으로 알려진 교육 방식의 기초가 된다. 과정 중심 학습의 대표적인 사례는 파닉스Phonics(발음 중심의 어학 교수법)이다. 파닉스는 아동들에게 탈 부호화 규칙에서 확실하고 적용이 쉬운 근본

원리를 알려주는 것이 목표다.

- 만약 말과 철자법이 좀 더 합리적일 경우 탈 부호화는 훨씬 더 간단하다. 그러나 말과 철자법이 합리적이지 않을 때가 많다(특히 영어는 예외로 가득하다).

- 이는 확실한 일단의 규칙들을 구체적으로 명시하는 것이 어렵다. 즉 탈 부호화를 학습하려면 공 잡기 혹은 자전거 타기와 같은 기술을 습득할 때와 비슷하게 규칙을 암기하기보다는 대충 어림짐작으로 '확률적 연관성'을 습득할 필요가 있음을 의미한다.

그러나 어떤 아이들은 또 다른 방식으로 읽는 법을 배우고 있는 듯하다. 그러한 아이들은 의미가 없는 음소를 소리 내 보는 대신 자연스럽게 모든 단어와 그것들의 의미를 기억하는 법을 알게 된다. '의미 중심 학습meaning-centered learning'으로 알려진 이 접근 방식은 소수의 아동을 통해서 입증되고 있다. 이처럼 조숙한 리더reader들은 4세 경에 읽는 법을 스스로 터득하는 것으로 보인다. 자연 학습 운동natural learning movement의 옹호론자들은 모든 어린

아이가 이러한 방식으로 읽기를 배우는 것이 바람직하다고 주장한다. 이러한 방식이 더욱 의미가 있어 좀 더 즐기면서 배울 수 있기 때문이다.

성은 어디에서 오는가?

성gender은 성별sex과는 반대되는 개념으로 남성과 여성의 관련된 역할과 정체성을 기술한다. 성별은 생물학적으로 결정이 되지만, 성은 어떻게 결정이 될까? 사회 문화적으로 결정된 성역할과 자신을 동일시하게 되는 이 과정(예: 우리가 성역할 정체성을 갖게 되는 것)은 성 유형화gender typing라고 알려져 있다. 프로이트는 어린 아이가 동성의 부모와 자신을 동일시하여 관련된 자질과 특성을 대면할 때 성 유형화가 일어난다고 이론화했다. 이러한 주장 때문에 프로이트는 성역할이 선천적 혹은 후천적으로 정해지는 것인지에 대한 논쟁에서 후자를 지지하는 학자로 인식되었다.

진화 생물학에서 주장하는 바는 다음과 같다.

- 성역할은 번식의 성공을 극대화하는 적응 전략의 결과다. 예를 들어, 남성의 번식 성공의 확률을 극대화하는 것은 파트너의 수를 최대화하고 여성 한 명에게 쓰는 자원을 최소화하는 데 있으

므로, 공격성(필요한 경우 여성에게 접근하기 위해 싸우면서), 위험 감수, 바람둥이 기질이 발달했다.

- 한편 여성은 파트너에게서 획득할 수 있는 자원과 보호를 극대화해야 했기 때문에 보살핌이나 순응의 기질이 발달했다.

반면에 행동주의, 사회 학습, 사회 인지 이론의 옹호론자들은 다음을 강조했다.

- 후천성: 이들은 성 유형화를 사회적 영향의 결과로 보며, 성역할에 적절한 행동을 강화하거나 모방한다.

- 특히 이와 관련된 극적인 사례들은 인류학 연구를 통해서 확인되고 있다. 예를 들어, 마다가스카르섬의 사카라바족은 미소년을 여아로 양육했으며, 이 남아들은 여성의 역할을 한다. 이와 유사하게 알래스카의 알류샨 열도인들은 미소년들을 여아로 키우면, 사춘기가 됐을 때 이들의 수염을 뽑고 돈 많은 남성과 결혼시켰다. 이 소년들 역시 새롭게 부여된 자신들의 성역할을 순순히 받

아들였다.

제3의 성 정체성

아메리카 토착 원주민 크로족the Crow과 모하비족Mohave은 현재 혹은 과거에 전통적인 남녀 이외의 성 정체성과 성역할을 인정했다. 크로족들 사이에서 '버다치berdache'는 전통적인 전사의 역할을 거부한 남성을 묘사하는 용어이며, 이런 남성들은 전사의 '아내' 역할까지 할 수 있다. 그리고 그러한 바뀐 성역할을 사회적으로 인정받기도 한다. 모하비족들은 네 가지 성역할을 인정했다고 전해진다. 즉 전통적인 남성과 여성 그리고 남성으로 살기로 한 여성인 와메hwame, 여성으로 살았던 남성 아리하alyha를 포함한다. 아리하의 경우 자신의 넓적다리를 잘라 생리 중인 것처럼 여성을 흉내 내고, 의례적인 임신 기간을 겪기도 했다.

청소년기

영향력 있는 미국의 심리학자이자 교육학자인 그랜빌 스탠리 홀G. Stanley Hall, 1844-1924은 1904년 출간된 자신의 저서《청소년기Adolescence》에서 청소년기를 전형적인 질풍노도의 시기period of storm and stress라고 말했다. 그리고 그의 이러한 생각은 서양에서 청소년기를 상당한 가능성과 위태로움이 공존하는 독특한 발달 단계로 인식하게 하는 계기가 됐다. 때문에, 청소년기에는 비행이나 비도덕적인 행위를 하지 않도록 이들의 신체적 변화와 성적 욕구를 신중하게 감독하고, 구축하고, 안내해야 한다. 홀은 정신 분석 운동과 그 옹호론자들이 제시한 발달 단계 이론에 상당한 영향을 받았다. 발달 단계 이론은 후일 '고전주의 청소년기 이론classical theory of adolescence'으로 알려졌다.

고전주의 청소년기 이론

에릭 에릭슨Erik Erikson, 1902-1994과 피터 블로스Peter Blos, 1904-1997와 같은 영향력 있는 후기 프로이트학파 학자들에 따르면 청소년기는 내적 갈등의 시기이며, 잠재적으로 힘들거나 대단히 충격적인 정신 및 성격 변화가 일어나는 시기이기도 하다. 에릭슨의 심리 사회적 이론에 따르면 청소년기의 위기는 정체성과 역할의 혼란 사이의 갈등이다. 즉 일생 주기 중 청소년기만큼 자아를 찾아야 하는 압박감과 자아 상실에 대한 위협이 크게 공존하는 시기는 없다.

이 문제를 해결하기 위해서 청소년들은 반드시 자아 정체감을 수립해야 하며, 자신의 몸을 받아들일 수 있어야 하고, 자신의 목표가 무엇인지 알아야 하며, 자신이 중요하게 생각하는 사람들로부터 예상한 인정을 받을 수 있다는 내적 자신감을 느끼고 있어야 한다. 에릭슨은 성공에 대한 보상은 충실함fidelity이라고 생각했다. 즉 다른 사람의 차이점을 받아들이면서 진실할 수 있는 정체성을 찾는 것이다.

세계 대전 이후 독일계 미국인 아동 심리분석가(그는 10대들에 대한 연구 덕분에 '미스터 청소년Mr. Adolescence'으로 알려져 있다) 블로스는 자아 정체성을 찾으려는 노력을 '2차 개별화 과정second individualization process'이라 불렀다. 1차 개별화는 어린 시절에 일어난다. 2차 개별화 과정은 다음과 같다.

- 청소년들의 독립적인 정체성을 추구함에 따라 가족 단위에서 분리되어 퇴행으로 이어진다. 이 시기에 청소년들은(아이돌 가수 등) 영웅 숭배를 통해서 부모를 대신할 인물을 찾는다.

- 청소년기에는 부모의 사랑이나 승인에 관심을 두거나 거절하는 모순되는 행동으로 퇴행한다. 청소년들이 부모에 대한 의존을 탈피하기 위해 노력할 때 부정적인 의존성을 보여 줄 수 있다. 부정적 의존성이란 부모가 원하는 것을 정반대로 하고 싶은 충동에 따라 행동이 결정된다.

- 블로스는 퇴행과 그 결과를 청소년들의 의존성을 유지하는 것을 막는 적응적 대응으로 보고, 따라서 독립성을 확립하는 데 필요

한 것으로 보았다.

갈등과 혼란의 시기인 청소년기를 이러한 관점에서 접근하는 것으로 모든 것을 설명하지는 못한다. 대다수 청소년은 그들의 부모와 긍정적인 관계에 있으며 비교적 순조롭게 청소년기를 거치고 있다.

청소년기 발명

사회심리학에서는 청소년기를 대체로 사회 문화적으로 구축된 현상으로 본다. 비교적 최근까지도 대다수의 청소년은 경제적 필요 때문에 가능한 한 빨리 어른이 되기를 요구한다. 한편 많은 전통적 사회와 산업화 이전의 문화에서는 어린아이가 확실하고 빠르게 어른으로 바뀌는 것을 표시하기 위해서 할례나 의례적 고립과 같은 통과의례를 거쳤다. 청소년들이 신체적, 성적으로 성숙해지는 시기 혹은 신체적 성적 성숙이 일어난 이후에도 상당히 오랫동안 경제적, 사회적으로 의존적인 것은 현대에 들어와서부터다. 청소년기는 역할, 요구, 충동 사이에서 불가피한 충동을 유발하는 그 무엇으로 해석해 왔다.

노화에 대해 우리가 알아야 할 것

셰익스피어는 '한 인간이 살아생전 다양한 역할을 수행한다고 말하고, 인생을 7단계로 분류했다. 인생의 1기와 2기인 울면서 토하는 유아와 징징대는 취학아동 시기에 대해서는 앞장에서 논의한 바 있다. 그는 나머지 인생 5단계의 심리적 특성에 대한 통찰력을 갖고 있었던 듯하다. 셰익스피어는 군인은 '명예 욕심이 있어서 헛된 명성을 좇아 대포 아가리 속으로라도 달려들려고 한다.' 그리고 '판사는 현명한 격언을 늘어놓고 늙은이는 제2의 유년기에 접어들었다가 흔적도 없이 사라진다.'라고 말했다.

후기 프로이트주의 성인의 발달 단계

발달심리와 노인심리는 스트레스의 원인과 결과, 노화가 인지에 미치는 영향, 사회적인 네트워크의 패턴 변화 등에 대한 긴밀한 관찰을 바탕으로 성인 남녀의 발달 단계에 대한 독자적인 접근법을 제공한다.

심리학에서 셰익스피어의 인생 7단계와 가장 비슷한 모델을 꼽는다면 에릭슨의 '인생 8단계' 모델이다. 에릭 에릭슨은 독일 출신으로 대학에서 미술을 전공하고 학생들을 가르치다가 프로이트의 이론을 접하게 되고 이후 저명한 심리학자가 됐다. 그는 1930년대와 1940년대보다 인본주의적인 접근법인 '자아 심리학 ego psychology'으로 알려진 후기 프로이트 이론 발전에 이바지했다. 자아 심리학은 자아를 자율적이고 역동적인 역량을 갖고 있다고 평가했으며, 평생의 걸친 자아발달 과정을 아동기의 고정된 패턴과 복잡성에 국한되어 일어나는 과정이 아닌 사회적, 물리적 환경과의 상호 작용으로 봤다.

에릭슨은 자신의 인생 8단계 모델로 알려진 심리학 이론을 개발했다. 이 모델을 통해서 인간이 직면하게 되는 다양한 시련과 과업을 설명한다. 각 단계에서 개인은 구체적인 갈등과 마주하게 되고, 이러한 갈등이 성공적으로 해결될 경우 성장과 미덕(긍정적 성격 특성)의 획득으로 이어질 수 있지만, 그렇지 않을 경우, 정신적 손상과 부정적인 행위로 이어질 수 있다.

에릭슨은 사람들이 청소년기부터 중년기에 이르기까지 친밀감과 고립감 사이의 갈등을 겪는다고 주장했다. 즉 우리는 타인에게 마음을 열면서 받게 될 상처를 받아들이는 것이 적절한가?라는 문제를 놓고 갈등한다. 우리는 사랑이라는 미덕을 보상받을 수 있지만, 그렇지 못할 경우, 외로움과 우울감에 시달릴 수 있다. 중년기(40세-65세까지)의 사람들은 '생식성generativity' 달성이라는 과제에 직면한다(창의성 혹은 교육을 통해 무엇인가를 세상에 돌려주려는 욕구, 예를 들어 직장에서의 성공, 가정 꾸리기, 혹은 취미 활동 등이 여기에 포함된다). 또한 이 시기의 사람들은 침체stagnation를 피하려고 한다. 성공은 자신이 타인과 긴밀하게 연결되어 있으며, 소속감이나 가치 있는 인간이라고 자신을 평가하고, 에릭슨이 말하는 '관심care'이라는 미덕을 갖게 된다. 반면 침체는 자신을 비생산적이고 고립됐다고 느낀다.

에릭슨은 인생의 마지막 단계의 특징을 자아통합과 절망감 사이의 갈등으로 규정하고, 자아통합을 '일관성과 완전성'을 가진 유일한 인생 주기를 긍정적으로 수용하는 것으로 묘사했다. 자신의 인생과 관련해서 무엇인가를 하기에는 너무 늦었다고 느낄 때, 삶이 가치가 없고 의미가 없다고 느낄 때, 자신의 인생에 대해 아쉬움을 느끼면서 죽음을 맞이하게 된다. 절망을 성공적으로 극복할 경우 지혜라는 미덕을 갖는다.

심리 사회적 발달 단계

단계	심리 사회적 위기	기본적 장점	실존적 질문	연령
1단계	신뢰 vs 불신	희망	세상을 신뢰해도 좋을까?	출생~1.5세
2단계	자율성 vs 수치심	의지	나는 나여도 괜찮을까?	1.5~3세

3단계	주도권 vs 죄책감	목적	내가 이걸 해도, 이동해도, 행동해도 괜찮을까?	3~5세
4단계	근면 vs 열등감	유능함	사람과 사물로 가득한 세상에서 내가 성공할 수 있을까?	5~12세
5단계	정체성 vs 역할 혼란	충실	나는 누군가? 나는 어떤 사람이 되어야 할까?	12~18세
6단계	친밀감 vs 고립감	사랑	사랑해도 될까?	18~40세
7단계	생식성 vs 침체	관심	내 삶을 의미 있게 만들 수 있을까?	40~65세
8단계	자아통합 vs 절망	지혜	나로 살아온 것이 괜찮았나?	65세

에릭슨의 모델은 실존적 과제와 관련해 포괄적인 용어를 사용해서 이야기하고 있지만, 우리의 인생은 심각한 문제에서부터 일상적인 문제에 이르기까지 무수히 많은 다른 문제들도 직면하게 된다. 이러한 문제들이 우리의 정신에 어떤 영향을 미치는 것일까? 현재 스트레스와 정신적/육체적 건강의 상관관계는 잘 정립되어 되어 있다. 또한 신경학과 면역 체계 사이의 연관관계를 연구하는 정신 신경 면역학psychoneuroimmunology이라는 심

리학 분야도 있다. 이 문제를 탐구하기 위한 가장 잘 알려져 널리 이용되는 접근법 중 하나가 1960년대 '사회 재적응 평가척도Social Readjustment Rating Scale, SRRS'이다. 고안자들인 미국의 정신과 의사 토마스 홈즈Thomas Holms와 리차드 라헤Richard Rahe의 이름을 딴 '홈즈와 라헤의 스트레스 척도Holmes and Rahe stress scale'로도 알려져 있다.

일상의 골칫거리와 행복감

'인간을 정신병원으로 보내는 것은 큰 사건들이 아니다. [중략] 인간을 미치게 하는 것은 반복해서 일어나는 작은 비극들이다.' 라고 말한 미국의 시인 찰스 부코스키Charles Bukowski, 1920-1994의 시에서 영감을 받은 미국의 심리학자 앨런 카너Allen Kanner와 동료들은 작은 사건들이 건강에 미치는 영향을 조사했다. 이들은 117개 항목의 '골칫거리 척도Hassles scale'를 설계하고, 사람들에게 교통 체증, 부부싸움, 직장에 대한 불만, 불만족스러운 외모, 불운 등과 같이 일상에서 느끼는 불안이나 문제를 유발하는 스트레스에 점수를 부여해 달라고 요청했다. 참가자들은 일상의 골칫거리를 '주변의 일상적인 상호 작용을 어느 정도 특징짓는 짜증나고, 좌절스럽고, 괴로운 요구'라고 기술했다. 이 척도에 포함된 항목들은 다음과 같다.

- 가족과 보내는 시간의 불충분
- 휴식 및 여가활동을 위한 자금 부족
- 소문
- 직장에 대한 불만
- 양식 작성

웃음 치료

심리적 개입이 건강에 미치는 잠재적 영향과 질병 치료의 가능성을 극적으로 보여 주는 사례는 웃음 치료다. 이 웃음 치료가 처음 주류 의학계의 관심을 받은 것은 1964년 노만 커즌스Norman Cousins, 1915-1990의 《질병의 해부Anatomy of an Illness》가 발표되면서부터다. 커즌스는 고통스럽고 힘들며 치료 불가능한 자신의 질환을 스스로 치료한 것에 대해 상세하게 보고한다. 커즌스는 의사들이 그의 질병 치료에 별다른 도움을 주지 못할 것 같아 퇴원 후 호텔에 들어가서 '마르크스 형제Marx Brothers', '솔직한 카메라Candid Camera'와 같은 코미디 영화와 TV 프로그램을 시청했다. 그는 웃음이 통증을 완화하고 잠을 청하는 데 도움을 준다는 것을 발견했다. 웃음이 실제로 면역 체계에 직접적이고 확실한 영향을 미칠 수 있다는 또 다른 증거들도 있다.

긍정적인 감정이 건강에 이롭다는 것을 인식한 이 연구자들은 행복감을 주는 135개 항목도 작성했다. 행복감을 고양하는 항목은 다음과 같다.

- **자원봉사 활동**

- **동료와 원만한 관계**

- 분실했다고 생각했던 것을 찾았을 때

- 효율성이 달성됐을 때

- 외식

- 집기 구매

카너와 그의 연구팀은 체중, 가족의 건강, 일반적인 상품 가격의 상승, 주택 유지 관리, 처리할 업무가 지나치게 많은 것 등 다섯 가지 가장 일반적인 골칫거리를 발견했다. 다섯 가지 일반적인 행복감은 배우자 혹은 연인과 좋은 관계, 친구와의 좋은 관계, 업무 완료, 건강하다고 느끼며 충분한 수면을 취하는 것이었다.

골칫거리와 행복감 점수는 정신 건강 증상과 상호연관이 있었는데, 연구자들은 골칫거리 척도가 사회 재적응률 지수보다 스트레스 관련 문제들을 알 수 있는 좀 더 정확한 예측지표라는 사실을 발견했다. 골칫거리는 또한 행복감보다 웰빙을 짐작할 수 있는 더 나은 예측지표였다. 그리고 행복감은 남성보다 여성의 스트레스 수치에 명확한 영향을 미치는 것으로 조사됐다. 카너는 이러한 영향을 '축적'과 '증폭' 두 가지의 메커니즘을 통해서 설명했다. 축적은 작은 스트레스 요인이 지속해서 쌓여서 좀 더 큰 스트레스 반응을 보인다. 증폭은 스트레스의 더 심각한 요인이 사소한 골칫거리의 영향을 확대한 것이다.

뇌의 노화

신경 발생(새로운 신경 세포의 생산)은 주로 청소년기가 끝날 때쯤 마무리된다. 그리고 이 시기 이후부터 노쇠한 뇌는 신경 세포의 절대 손실을 경험한다. 그 목록은 다음과 같다.

- 청소년기 후반에 이르면 우리의 뇌는 하루 10만 개 이상의 신경 세포를 잃게 된다. 새롭게 생산된 신경 조직의 총합(1000억 개)과 비교했을 때, 이 수치는 비중이 작지만, 80세~90세가 되면 대뇌 피질 세포 중 최대 40퍼센트가 사라지고 없을 것이다. 또한, 대뇌 피질은 점점 얇아지고 뇌실이라고 불리는 수액으로 채워진 영

역이 다소 확대된다. 그러나 사실상 이러한 변화 중 그 어떤 것도 뇌의 능력에 그다지 큰 영향을 미치지는 않는다.

- 좀 더 심각한 문제는 뇌로 가는 혈액 공급이 감소하는 것이다. 혈액 공급의 감소는 뇌의 작동을 더디게 하고, 혈전에 취약해진다 (뇌졸중 유발).

- 뇌는 알츠하이머와 같은 퇴행성 질환에 좀 더 취약해진다. 단백질 응집체plaques of protein가 일부 신경 세포 주변에 쌓여 기능을 방해하고 신경 세포 간의 긴밀한 연결을 감소시킨다.

생물학의 이러한 있는 그대로의 사실은 노화심리학의 감산 모델을 개발하는 데 이바지한다. 이 모델은 노화를 퇴행의 기간으로 간주한다. 그러나 노화라는 것이 이렇듯 간단할까?

나이가 들수록 지적 능력은 쇠퇴할까?

일련의 IQ 검사 및 기타 인지 능력 검사와 관련된 연구들은 지적 능력의 스펙트럼에서 일어나는 노화와 연관된 변화에서 통일된 패턴을 발견하지 못했다. 미국의 심리학자 K. 워너 샤이K. Warner Schaie, 1928-는 인지심리학의 대표적 전문가 중 한 명으로 20세기 중반 시애틀 종단 연구Seattle longitudinal study의 창시자이다. 그에 따르면 노화와 관련된 변화에서 통일된 패턴이 없다는 것은 다음을 의미한다.

- IQ 검사는 지적 능력과 관련해서 노화에 따른 변화를 감독하기에는 충분하지 않다.

- 나이가 들어도 인지 능력을 어느 정도는 유지할 수 있음을 전제한 좀 더 세심한 접근법이 필요하다.

- 60세 이전의 인구에서 전반적인 인지 능력 감퇴의 명백한 징후는 없다. 그리고 74세 이상 성인의 뇌 기능 대부분이 쇠락하는 것을 관찰할 수 있다. 연구자들이 평생에 걸쳐 추적 관찰한 결과 81세의 나이에도 실험 참가자들의 절반 미만이 앞선 7년 동안 눈에 띄는 쇠락 현상을 경험했다.

맨카토 수녀 연구

한 유명한 연구에 따르면 굉장히 나이가 많아도 정신적 날카로움을 그대로 유지할 수 있다는 것을 구체적으로 보여 준다. 맨카토 수녀 연구Mankato Nun Study에서 미네소타주, 맨카토의 굿 카운 셀 힐에 있는 노트르담 수녀회의 나이 많은 수녀들은 다양한 검사에 참여했고 나이가 훨씬 어렸을 때 자신들이 만들었던 물건과 비교하는 작업을 수행했다. 이 수녀회의 수녀들 대다수는 나이가 많았고 이 중 일부는 100세가 훌쩍 넘어서기도 했다. 이 연구는 무엇보다도 100세 혹은 그 이상까지도 지적 능력과 날카로움을 유지하는 것이 가능하다는 것을 보여 줬다. 고령의 수녀 중 다수가 이제까지 그들이 수행했던 검사에서 획득했던 최고 점수를 기록했으며 학습과 가르침, 독서, 토론, 그리고 퍼즐 맞추기나 십자말풀이와 같이 사고력을 요구하는 놀이를 통해서 일상생활에서도 정신적 예리함을 보여 줬다.

샤이는 1956년부터 50년에 걸쳐 모든 연령군의 6천여 명을 추적한 시애틀 종단 연구를 실시했다. 그 실험에서 인지 능력은 그대로 유지된다는 관찰 결과를 바탕으로 미국과 캐나다 정부는 많은 직업군의 정년 연령을 상향 조정했다.

다음과 같이 신체적, 정신적, 및 사회적 요인들도 인지 능력을 유지하는 데 도움을 준다.

- 유산소성 체력 및 심혈관 그리고 다른 만성 질환이 없는 것이 중요하다. 오스틴 텍사스 대학의 노인학 연구소Institute of Gerontology의 소장 와닌 스피르두소Waneen Spirduso, 1936-에 따르면, 노인의 정신적 민첩함을 평가하는 테스트에서 높은 성적을 예측할 수 있는 최고의 지표는 과거 운동을 해 온 햇수와 현재의 유산소성 체력이다.

- 사회적 요인으로는 높은 사회-경제적 지위, 복잡하고 활기찬 환경과 생활 방식을 즐기는 경우, 인지 능력을 유지하고 있는 파트너와 함께 지내는 경우 등을 꼽을 수 있다.

- 성격 또한 인지 능력 유지와 연관이 있음이 확인됐다. 삶에 좀 더 융통성 있게 접근하는 사람일수록 인지 능력을 잘 유지할 가능성이 더 크다.

- 개인의 인지 능력의 정도, 즉 청력 및 시력의 유지가 더 나은 인지

능력을 유지하는 데 중대한 영향을 받는다.

기억력은 감퇴하는가?

지능과 마찬가지로, 나이가 들면서 기억에 어떤 변화가 일어나는지도 분명하게 밝혀지지 않았다. 장기 기억은 나이가 들면서 분명 쇠퇴하며, 이는 주로 정보의 회수와 관련이 있다. 그러나 최근에 이르기까지, 작업 기억은 숫자 암기 범위digit-span와 같은 검사에서 대체로 별 영향을 받지 않는 것으로 조사됐다. 그러나 양분 청취(양쪽 귀에 각기 다른 소리가 들리는 것)와 같이 집중력을 분산시켜야 하는 작업을 할 때는 작업 기억이 저하된다. 이는 '가소성과 안정성 딜레마plasticity and stability dilemma'와 연관이 있을 수 있다.

가소성이란 뇌가 새로 쓰기를 할 수 있는 능력을 말한다. 새로 쓰기는 새로운 신경 세포가 자라거나 아니면 기존의 신경 세포들이 새롭게 연결될 때 가능하다. 예를 들어, 가소성은 뇌가 손상을 어떻게 회복할 수 있는지 혹은 사지 절단 환자가 인공 보철물을 조절하는 법을 어떻게 알게 되는지를 설명한다. 가소성은 모든 유형의 학습에 중요한 열쇠다.

- 가소성은 젊은 뇌에만 있다고 여겨졌으나 이는 사실이 아니다.

- 하버드 대학의 정신, 뇌, 그리고 교육 프로그램Mind, Brain and Education Program의 원장이자 교수인 커트 피셔Kurt Fischer, 1943-에 따르면, '뇌는 놀라울 정도의 가소성을 가진다. 중년이나 노년에도 뇌는 여전히 자체 환경에 상당히 적극적으로 적응한다고 주장했다.

- 미시간 대학의 인지신경과학자 패트리샤 로이터-로렌츠Patricia Reuter-Lorenz는 뇌 가소성, 재조직화, 기능 유지에 대한 지속적인 잠재력을 지적한다. 이는 노인들이 상당히 효율적으로 새로운 정보나 기술을 습득하는 것이 가능하다는 것을 의미한다. 예를 들어, 《신경학Neurology》 학술지에 소개된 2007년 한 연구에서 신형 모의 비행 장치를 테스트해 본 40세에서 69세의 조종사들이 이 장치의 사용법을 습득하는 데는 더 오랜 시간이 걸렸지만,

젊은 조종사에 비해 충돌 회피 테스트에서 더 능숙하게 대처한 것으로 나타났다.

그러나 인지과학자들은 노인의 학습 능력에 손상을 가져오는 것을 안정성이라고 말한다. 안정성이란 학습 시스템이 무관한 정보 인풋에 대해 안정을 유지할 수 있는 능력을 말한다. 노인들은 덜 안정적인 학습 체계를 갖고 있으므로 방해가 되거나 산만한 환경에 쉽게 방해를 받는다. 2014년 브라운 대학의 한 연구는 노인들에게 시각 인지 과업을 줬을 때 무관한 자극을 여과하지 못하면서 나타난 불안정성으로 인해 높은 수행력이 묻히게 된다는 것을 보여 줬다.

이 연구의 책임자 와타나베 타케오Watanabe Takeo 교수는 '가소성이 잘 유지되고 있는지 모른다. (…) 그러나 우리는 뇌의 안정성이 문제가 된다는 것을 발견했다. 인간의 학습과 기억능력은 제한적이다. 뇌는 이미 오래전에 저장된 기존의 중요한 정보가 중요하지 않은 정보로 대체되는 것을 원하지 않는다.'라고 주장했다. 이와 같은 연구들은 훈련을 통해 잘못된 정보를 좀 더 효과적으로 여과할 수 있도록 해서 노인의 학습 능력을 향상시킬 수 있다는 것을 시사한다.

친구와 가족

에릭슨의 심리 사회 이론(169쪽 참조)에서 제시한 내적 변화들뿐만 아니라 대인관계 심리학interpersonal psychology도 시간이 흐르면서 변한다. 사람들이 친구나 가족과 관계를 맺는 방식은 나이를 먹으면서 변하고 정신 및 신체 건강에 중대한 영향을 미쳤다.

노화에 관련된 사회심리학 연구들의 주요 결과는 사회적 파트너(지인, 친구, 가족)의 수가 나이를 먹으면서 감소한다는 것을 보여 준다. 특히 주변 동료의 수는 감소하지만, 이는 긴밀한 사회적 파트너에 훨씬 많은 관심을 쏟는 것으로 상쇄된다. 다시 말해 나이 든 사람들은 수적으로는 적어도 깊이가 심화된 대인관계나 친구를 사귀게 되고, 가벼운 대인관계는 끊어버리는 경향이 있다. 이러한 결과는 다양한 인종 및 문화에서도 일관되게 나타났다.

핵심적인 인간관계에 쏟는 이러한 확대된 관심은 심리학적 이점을 가져다준다. 사람들은 나이가 들수록 친구나 가족과 긴밀한 관계를 맺는 데서 오는 만족감이 증가한다고 알려져 있다. 특히 결혼생활의 만족감 역시 나이가 들수록 높아진다. 그리고 좋은 관계는 정신 건강에 긍정적인 영향을 미친다. 예를 들어, 형제애가 좋은 경우 우울증을 앓을 가능성이 더 낮다는 것이 밝혀졌다. 또한, 노인의 결혼 여부와 행복 사이에 강한 상관관계가 존재한다(기혼자들이 싱글보다 더 행복한 편이다).

나이가 들면서 의미 있는 관계를 유지할 경우 스트레스에 잘 대처하며, 질병에 덜 걸리고, 질병에서 좀 더 빨리 회복하며, 사망 위험도 더 낮아진다. 그뿐만 아니라, 우울감, 불안, 수면 장애를 경험할 가능성도 적다. 그러나 모든 친밀한 관계가 이롭기만 한 것은 아니다. 노인들에게 부양 관계는 (보편적이지는 않지만) 일반적으로 행복과 부정적 연관 관계에 있으며, 그러한 역할을 해야 하는 스트레스와 부담을 받는다.

정신 질환에 대해 우리가 알아야 할 것

정신 질환에 대한 연구와 치료는 전문 용어의 방해를 받는다. 특히 미묘하게 의미가 다른 용어들 때문에 종종 혼란이 야기되기도 한다. 예를 들어, 정신 질환에 대한 과학적 연구는 무엇이 정상인지를 끊임없이 묻는 이상심리학abnormal psychology, 또는 정신병리학으로 알려져 있으며, 정신 질환을 다루는 심리학의 전문 분야인 임상심리학과 반드시 구별되어야 한다.

이상심리학과 임상심리학 모두 정신 질환의 본질, 기원, 진단, 분류, 치료, 및 예방을 연구한다. 그러나 이상심리학은 과학적/학문적 접근을 통해서 이를 연구하는 한편 임상심리학은 보건/치료적 접근을 통해서 이루어진다. 임상심리학은 정신 질환을 다루는 의학의 한 분야인 정신 의학과도 구분된다. 그러나 이 둘의 차이는 주로 인력의 훈련과 법적인 권한에서 기인한다(예를 들어, 정신과 의사는 정신 건강을 전공한 의사다). 이와 같은 차이를 보이는 용어들은 어느 정도 정신 질환 관련 연구 및 치료의 역사를 반영했다.

역사 속의 정신 질환

정신 질환의 의학적 치료와 정신 질환의 존재에 관해 짐작할 수 있는 가장 오래된 증거는 구멍이 있는 선사 시대의 두개골들이다. 천두술은 머리뼈에 구멍을 뚫는 치료법으로 trepanning 혹은 trephination으로 알려져 있으며, 이 천두술은 오늘날에도 비정상적인 사람들에 의해서 여전히 시행되고 있다. 분명한 것은 그것이 행해진 지리적 분포 및 구멍이 있는 두개골의 수를 고려할 때 천두술이 선사 시대에는 비교적 일반적으로 시행되었으며, 적어도 확고하게 자리 잡은 민간요법이었다는 것이다. 천두술은 뇌 손상으로 인한 뇌 부기를 치료하는 데 사용되었을 가능성이 가장 크다. 그러나 천두술은 선사 시대인들이 정신 질환을 뇌 속의 어떤 특성이나 실체 때문이라고 믿었다는 것을 보여 준다. 예를 들어, 그들은 정신 질환이 악귀에 의해 발생한다고 믿었으며 뇌에 구멍을 뚫어 이 악귀들을 몰아내고 싶어 한 것으로 보인다.

정신 이상에 대한 고대인들의 설명

성서 및 신화의 기록들에 따르면 '사울 왕은 하느님이 보낸 악한 영에 의해 고통받았다.'라는 고대 이스라엘의 사울 왕의 정신병에 대한 성서 기록이나 '헤라 여신이 헤라클레스에게 가한 정신병'과 같은 신화의 기록에서 볼 수 있듯이 정신 질환이 초자연적인 기원을 갖는다고 믿었다. 그러나 통념과는 달리 과학 발생 이전의 문화들이 정신 질환의 생물학적 혹은 심리학적 원인에 대해 무지했던 것은 아니었다. 그리고 고대부터 내과 의사들이 정신 질환의 원인을 이성적이고 자연적으로 설명하기 위해 노력했다는 명백한 증거가 있다. 그러나 그 원인을 초자연적인 것에서 찾으려는 시도와 이성적이고 자연스러운 증거를 찾으려는 시도가 공존했다는 증거도 상당히 많다.

꿈의 신전

꿈 치료는 정신 의학과 주술 및 신비주의의 결합으로 이루어진다. 꿈 치료는 전문기관에서 시행됐다. 그리스 신화의 의술과 치유의 신 아스클레피

오스의 신전에서 환자들은 아바톤abaton으로 잠을 자러 가기 전에 치유의 꿈을 기원했다. 아바톤은 치료를 위해 마련된 지하 공간을 말하며, 각기 다른 신전에서 특정 분야의 정신 질환을 치료했다. 메가라Megara의 신전에서는 정서 장애를 치료했으며, 에피다우루스Epidaurus의 신전에서는 메두사의 피와 연관된 정신 질환을 전문적으로 치료했다. 또한 트리카Tricca의 신전에서는 신경증을 치료했다.

예를 들어, 고대 그리스의 이피클레스Iphiclus의 전설에서(기록마다 다르지만, 아르고나우트Argonaut[그리스신화 아르고선에 승선했던 영웅]는 불임 혹은 발기부전으로 고통받았다), 전설의 치유자인 멜람푸스Melampus는 프로이트 정신 분석의 원형을 이피클레스의 치료에 사용했다. 이피클레스가 겪은 고통은 적어도 일부는 심인성(심리적 요인에 의해 유발)에서 기인한 것으로 보인다. 멜람푸스는 그의 질환이 아버지가 피 묻은 칼을 휘두르는 것을 보게 된 어린 시절 사건에서 비롯됐다고 진단했다. 그러나 이 치료법에서는 이피클레스의 치료를 위해 그의 아버지가 휘두른 칼에서 가져온 녹으로 물약을 만들었기 때문에 마법이 등장한다.

고대의 진단과 치료

그리스의 의사 히포크라테스Hippocrates, 기원전 460-375는 정신 질환의 원인이 뇌와 연관된 자연적 원인에 있다고 확신했다. 그는 정신 질환의 치료를 위해 전인적 치료 접근법을 주장했으며, 정신 질환이 환자의 성격, 기분 및 체액 교란과 연관이 있다고 믿었다. 히포크라테스는 체액에 관해서 이야기하는 반면 현대의 내과 의사는 신경 전달 물질 혹은 신경 내분비를 언급할지 모른다. 그리스 로마의 내과 의사 갈렌Galen, 130-210은 정신 질환이 뇌 손상, 음주, 혹은 슬픔이나 스트레스와 같은 심리적 원인과 같이 유기적 원인에서 기인할 수 있다고 생각했다.

진단과 관련해서 고대 그리스인들과 로마인들은 현대의 진단과 그다지 다르지 않은 정신 질환의 상태들을 다음과 같이 분류했다.

- 현대의 우울증 진단과 유사한 멜랑콜리아m3elancholia, 치매, 광란과 희열 등의 증상을 포함하는 조광증, 그리고 심리적 고통이 육체적 증상(예 히스테리성 실명)으로 나타나는 현대의 전환 장애

conversion disorder와 유사한 히스테리hysteria 등.

- 현대의 심리학자들처럼 그리스 로마인들도 망상(잘못된 믿음)과 환영(존재하지 않는 것을 보거나, 듣거나, 아니면 감지하는 것)을 명확하게 구분했다.

- 로마의 정치인이자 철학자 키케로Cicero, 기원전 106-43는 정신 질환 진단에 도움을 줄 수 있는 설문지를 고안하기까지 했다. 그 설문지에는 체형, 말투, 중대한 인생 사건(SRRS의 항목을 연상시킴, 179쪽 참조)이 포함돼 있다.

- 그들이 사용한 치료법 중 다수는 인간적이고 세심했다. 예를 들어, 히포크라테스는 조용한 생활, 건강한 식단과 운동을 처방했으며, 나중에 그리스와 로마의 내과 의사들은 음악, 마사지, 그리고 목욕을 추천했다.

중세의 정신 이상

초기 근대로 접어들었을 때 대부분의 정신병자는 지역 사회에 여전히 남아서 가족들의 보살핌을 받았다. 그러나 중세 이후, 정신병자를 수용하는 기관들이 생겼다. 정신병원의 전형인 악명 높은 베드람Bedlam(원래 베스렘 정신병원Bethlem Hospital을 가리킴)을 포함한 당시 정신병원들은 원래 정신병 환자들을 장기간 수용할 목적으로 설립된 것은 아니었다. 베스렘 정신병원에 대한 기록에 따르면 이 병원을 거쳐 간 환자들의 대부분은 수주에서 수개월 후에 퇴원을 기대하면서 입원한다. 그러나 1598년 이후 입원한 환자들의 기록에 따르면, 한 여성은 그곳에 25년간 감금됐다.

중세의 보건당국은 '저능idiocy'으로 알려진 정신 이상이 자연발생적이고 이성적인 원인에서 기인한다는 사실을 인정했다. 중세 역사학자 데이비드 로페David Roffe에 따르면 '정신 이상은 압도적으로 신체와 뇌의 질병으로 인식되었다.'고 한다. 사망 원인을 결정하는 조사들에서 원인 규명이 가능한 경우는 늘 사망의 원인이 자연 발생적 혹은 신체적 이유에 있었다. 예를 들어, 1309년 한 조사에 따르면 바르톨로메오 드 사크빌Bartholemew de Sakeville은 급성 열병을 앓은 후 백치가 됐으며, 1394년 조사에서 로버트 드 어스링보로우Robert de Irthlingborough의 기억 상실과 뒤이어 나타난 백치 현상은 마상 창시합 중 머리를 긴 창에 맞아 생긴 상처로 인한 것이었다.

정신 질환의 치료는 고전 의학의 전형적인 식이 요법, 약초 및 외과 치료 요법에 국한돼 있었다고 로페는 지적했다. 그러한 치료의 목적은 열이나 건조함과 같은 필수적인 특성들의 균형을 바로 잡는 것이었고, 관련된 특성을 강화할 수 있는 다양한 음식과 약초를 사용해서 치료했다. 이러한 이유로, 식이 요법에는 후추, 쿠민, 카르다몸, 계피, 정향 등이 많이 사용됐으며, 외과 치료 요법은 절개 혹은 거머리를 이용한 출혈 요법에 주로 국한돼 있었다(당시 사람들은 이러한 방법이 과도한 체액을 빼내서 환자의 신체계통의 균형을 바로잡는다고 믿었다). 한편 베드람 정신병원과 같은 시설에 감금된 불행한 환자들은 사슬에 묶여 감금 상태로 지내는 것이 치료의 전부였다.

베드람

원래 베스렘Bethlem으로 불렸던 베드람Bedlam은 런던 소재의 병원으로 유명하다. 원래 베스렘은 중세 기사들을 위한 소수도원(일종의 종교 호스텔)이었지만, 베들레헴 성 메리 병원 부속으로 1247년에 설립되면서 지금의 이름이 되었다. 1329년경 베드람은 병원으로 사용되어 노숙자와 환자(정신병자 포함)들에게 숙소, 음식, 그리고 가장 기본적인 보살핌을 제공했다. 1403년 무렵 베드람은 가족의 보살핌을 받을 수 없는 영국 전역의 정신병 환자들을 수용하는 시설로 사용됐다.

1547년 헨리 9세 국왕이 베드람 병원을 런던시에 하사하면서 이 병원은 영국 최초이자 유일한 공립 정신병원이 되었고 이러한 지위는 1800년대까지 계속됐다. 그리고 1676년 대규모 신축 건물로 이전했는데, 이 바로크 양식의 건물 외부는 자연 철학자 로버트 후크Robert Hooke에 의해 설계됐다. 이후 18세기에 베드람은 혼동과 '미쳐 날뛰는 미치광이'의 동의어가 됐으며 사람들은 오락을 위해 이 병원을 방문하기 시작했다. 독일의 학자 본 우펜바흐Von Uffenbach는 1710년 '종일 수탉처럼 우는' 환자를 보기 위해 이 병원을 방문했지만, 직원은 나를 '가장 바보 같고 어리석은 환자에게로 안내했다. [중략] 이 환자는 자신이 배의 선장이라고 믿었으며, 옆구리에 목검을 차고 있고, 모자에는 몇 개의 수탉 털을 꽂은 모자를 쓰고 있었다. 이 환자는 다른 환자들에게 명령을 내리고 싶어 했고 온갖 바보 같은 행동을 저질렀다.'고 기록했다. 1770년 일반인의 방문이 금지됐으며 현재 병원부지는 런던의 남쪽 외곽에 있다.

정신병 의사와 정신과 의사

1800년경 정신 질환을 전공한 의사들은 일반적으로 '정신병 의사alienists'로 불렸는데, 이는 그들이 정신 착란mental alienation의 문제를 치료했기 때문이다. '정신과 의사psychiatrist'라는 용어가 정신병 의사를 대체하기까지는 100년 정도가 걸렸다. 정신 의학의 연구 및 실습의 중심이었던 프랑스 파리에서 일어난 100년 동안의 사건들이 정신 의학의 이론과 실습을 눈에 띄게 바꿔 놓았다. 이러한 사건 중 가장 주목할 만한 것은 라 살페트리에La Salpêtrière 병원이었다. 이 병원에는 장마르틴 샤콧Jean Martin Charcot이 병리 해부학 교수로 있었다. 이 시기에 정신병 의사/정신과 의사 모두 정신 질환의 원인을 뇌의 문제에서 찾아야 한다고 믿었고, 조현병이나 정신병성 우울증과 같은 질환이 뇌의 병변에 의해 유발된 파킨슨병과 유사한 뿌리를 갖고 있다고 생각했다.

샤콧은 원래 정신 의학에 관심이 없다고 말했지만, 히스테리 환자들(신체적, 신경학적 증상과 함께 신경증적 증상을 보이는 여성을 대상으로 한) 연구를 통해서 사실상 신경계의 질환을 연구하는 신경학의 새로운 분야를 수립했다. 샤콧은 정신병 의사가 아니었기 때문에 히스테리와 다른 정신 질환들을 이해하기 위한 새로운 접근법에 대해 열린 자세를 취했으며, 프로이트와 프랑스 철학자이자 심리학의 선구자 피에르 자네Pierre Janet를 포함한 차세대 의사들에게 영감을 주어 정신 질환에 대한 심리학적 설명을 모색하게 하는 데 이바지했다. 나중에 융은 당시 지배적인 위치를 차지했던 정신병 의사들의 생물학적 모델의 단점을 비판하는 글을 썼다. "정신 질환은 뇌 질환이다."라는 것이 비판의 중심이었다.

샤콧과 그의 연구팀의 협업을 통해 프로이트와 자네는 정신 질환을 생리학이나 신경학이 아닌 심리에 초점을 맞추게 되었다. 아이러니하게도 신경학은 이미 정신 분석학과 심층심리학의 탄생에 이바지했다. 이때부터 정신 질환의 심리학적 원인과 치료에 초점을 맞추는 정신과 의사들이 늘어났다.

로젠한 실험

1973년 《사이언스Science》지는 스탠퍼드 대학의 심리학과 교수 데이비드 로젠한David Rosenhan, 1929-2012의 '제정신으로 정신병원 들어가기On being sane in insane places'라는 제목의 충격적인 실험 하나를 소개했다. 로젠한은 임상심리 치료를 평가하기 위한 목적으로 참가자들을 몇몇 정신병원으로 보냈다. 이 참가자들은 환청을 들어본 경험이 있으며 정신 질환으로 진단받고 입원한 경험이 있다고 주장했다. 병원에 입원한 이들은 정상적으로 행동했고 직원들에게 자신들은 정상이라고 말했다. 그러나 이들 중 누구도 정신 질환이 있다는 것을 털어놓지 않고는 병원을 떠날 수 없었다. 또한, 병원에서 나가는 조건으로 약물치료를 받겠다는 동의를 해야만 했다. 한 병원이 이 실험 결과에 반발했고, 로젠한에게 가짜 환자들을 보내면 그들을 가려내겠다고 제안하였다. 이 병원은 새로 파견된 환자 250명 중에서 40명 이상이 가짜 환자로 의심된다고 보고했다. 그러나 사실 로젠한은 정신 질환자를 단 한 명도 보내지 않았다.

화학적 솔루션

정신 분석과 유사한 심리 치료 기법은 정신 의학의 지배적인 패러다임이 되었지만, 대화 요법은 가장 심각한 정신 질환 그리고 정신병의 가장 대표적인 증상인 망상, 환각, 우울감을 치료하는 데는 그다지 효과가 없음이 입증됐다. 정신 분열증, 양극성 장애, 그리고 정신병적 우울증 등으로 고통받는 사람들은 정신병원에 감금되는 운명에 처해졌으며, 그곳에서 기대할 수 있는 최상의 시나리오는 이들이 자신과 타인에게 위해를 가하지 못하도록 관리 및 통제를 받는 것뿐이었다.

1940년대 항정신성 의약품의 한 부류인 신경 억제 마취제의 발명을 시작으로 정신 치료 약물이 개발되면서 이러한 상황은 완전히 바뀌었다. 신경 억제 마취제는 처음으로 환영이나 망상과 같은 개화 증상을 어느 정도 통제할 수 있었다. 항우울제, 항불안제와 같은 다른 약물 치료제들도 뒤따라 등장했다. 약물치료는 정신 의학에 대혁신을 가져왔으며, 과거 다루기 힘들었던 환자들이 정신병원을 나갈 수 있게 만들었고, 덜 심각한 상태의 환자들에게는 정상적인 삶에 근접한 삶을 살아갈 수 있게 도움을 주었다. 이러한 약물들은 자살 예방을 통해서 수천 명의 목숨을 구하기도 했다.

그러나 정신 치료 약물은 심각한 부작용을 동반할 수 있으며 이러한 약물의 개발 초기에는 특히 그랬다. 특히 재정적으로 어려운 대형 정신병원에서의 처방 남용이나 잘못된 관행으로 인해 정신 치료 반대 운동이 점차 거세지는 결과를 초래했다. 전기 충격 요법과 같은 관행에 대한 대중의 반감과 진단 오류에 대한 폭로들은 1975년 영화 〈뻐꾸기 둥지로 날아간 새One Flew over the Cuckoo's Nest〉의 인기가 높아지면서 더욱 거세졌다.

프로작

초기 항우울제들은 모노아민 산화 효소 억제제monoamine oxidase inhibitors, MAOI와 삼환계tricyclics라고 불리는 계열에 속해 있었다.

초창기 항우울제들은 뇌 속의 신경 전달 물질인 부신 수질 호르몬과 세로토닌의 수치를 향상하는 데 도움을 주고, 극적인 효과를 가져왔다. 또한, 많은 생명을 구했고 환자들에게 적절한 치료를 받을 기회를 가져다줬다. 수면 패턴, 식욕, 에너지를 다시 회복할 수 있게 도움을 줄 뿐 아니라 환자들이 자신들의 문제에 집중하도록 도와주었으며, 정신병원에 입원하지 않고 치료를 받을 수 있게 했다. 그러나 항우울제의 부작용은 신체적 그리고 정신적으로 상당히 심각할 수 있다. 예를 들어, 구갈, 두통, 변비, 메스꺼움, 흐릿한 시야, 혼란, 체중 증가, 지연 사정/오르가즘과 같은 부작용을 동반할 수 있다.

1987년 플루옥세틴fluoxetine(상표명 프로작)이라고 하는 새로운 항우울제가 출시됐다. 프로작Prozac은 선택적 세로토닌 재흡수 저해제selective serotonin reuptake inhibitor, SSRI로서 특별히 단 하나의 신경 전달 물질만을 표적으로 했다. 다른 항우울제들에 비해 부작용이 덜 하고 상당히 효과적이다. 프로작은 곧 역사상 가장 잘 팔리는 항우울제가 되었다. 출시 후 몇 해 동안 프로작은 기적의 약물로 주목받았으며 많은 찬사와 지지를 받았다. 곧 기분 장애

치료를 위한 약물을 꿈도 꿔보지 못했던 사람들이 이름을 대면서 프로작을 요청했다. 하지만 무슨 일이 일어났고 왜 그랬을까?

- 불가피하게 반발이 있었다. 사실상 프로작은 기적의 우울증 치료제가 아니다. 전체 사용자의 60~80퍼센트에게 우울증 증상 완화의 효과를 보였고, 다른 항우울제들도 이와 유사한 효과를 볼 수 있다.

- 다른 항우울제와 마찬가지로 프로작은 특히 성기능 관련 부작용이 발생한다. 많은 사용자는 프로작이 극도로 침체한 기분을 안정시켜주지만, 고조되는 것도 막는다고 불평을 늘어놓았다.

- 극심한 감정 폭발과 자살로 이어질 수 있는 공포스러운 이야기와 더불어 우울증에 대한 과잉처방 및 우울증 과잉진단에 대한 두려움이 커지면서 원래의 검사 절차, 약물의 안전성에 대한 문제가 제기됐다. 그러나 식욕 이상 항진증, 불안 질환 및 어린아이의 일부 행동 장애 유형을 치료하기 위해서 프로작을 여전히 많이 처방하고 있다.

프로작에 대한 알려진 사실

- 12세 이상의 미국인 10명 중 1명 이상이 항우울제를 복용하고 있으며, 2010년 한해에만 미국의 항우울제 처방 건수는 2.54억 건이 넘는다.

- 프로작은 의학계에서 약물 계열 중 두 번째로 가장 많이 처방되고 있다.

그리고 프로작의 작동 방식이나 이유에 대한 정확한 이해가 없는 상태에서 그리고 우울감과 같은 문제들이 사실상 뇌 속의 화학 불균형 때문에 발생한다는 증거가 없는 상태에서 이 모든 것이 이루어지고 있다. 많은 정신 건강 전문가들은 심리학 분야가 존재하지조차 않을 수도 있는 정신 질환의 생리학적 측면에만 초점을 맞추고 '지나치게 생물학적'으로 접근하고 있다고 주장한다. 한편 정신 건강의 심리적, 사회적, 영성적인 부분에 대한 관심이 부족한 편이라고 지적하고 있다.

정신 질환의 정의

반정신 의학 운동anti-psychiatry movement의 옹호론자들은 '정상성normality'이라는 편협하게 정의 내린 특징에 해당하지 않는 행동을 병리학적으로 기술하기 위한 다수의 정신 의학 정의들이 자의적이고 근거가 없다고 주장한다. 이 정의들은 일관성 없게 묶어놓은 증상들에 붙여놓은 이름표와 같다. 사실 '이상심리학'이라는 용어는 정상성을 구성하는 요소는 과연 무엇인가라는 질문을 던지게 만든다. 이 질문은 정신 건강 분야의 이론 및 실습의 가장 핵심이 되며, 개인과 사회에 지대한 영향을 줬다.

네 가지 D

정상성 혹은 '신경 전형성neurotypicality'을 결정할 수 있는 것은 없지만, '네 가지 D'라는 일반적으로 합의된 기준이 있기는 하다. 이 네 가지 D는 'deviance(이상 행동)', 'distress(고통)',

'dysfunction(기능 장애)', 'danger(위험)'이다. 이 모든 것이 논란의 여지가 있을 수 있으며, 해석이 필요하고 맥락에 따라 달라질 수 있다.

- 이상 행동은 사회적 규범에서 벗어난다고 여겨지는 사고나 행동을 의미하며, 아마도 필연적으로 가장 고민스러운 기준일 것이다. 사회적 규범은 변하며, 그것은 역사적 관점은 물론이고 도덕률과도 반드시 일치하는 것은 아니다. 이상심리학의 맥락에서 동성애 homosexuality가 전형적 사례 중 하나다. 유럽이나 미국에서 비교적 최근까지 동성애를 이상 행동으로 간주했으며, 전 세계 많은 국가에서는 여전히 그렇다. 1950년대와 1960년대에는 동성애는 논란이 많은 혐오 요법aversion therapy(혐오감이 생기도록 유도해서 나쁜 습관을 끊도록 하는 요법)을 이용해서 치료했다. 오늘날에도 일부 집단들은 여전히 그러한 방법들을 옹호한다.

- 고통은 사고나 행동에 따라 유발되는 주관적인 괴로움이다. 그러한 괴로움들은 상당히 맥락 의존적이다. 예를 들어 자해는 많은 종교 의식의 특징이고, 고위험의 극한 스포츠에 참여하는 사람

들은 재미를 위해 무모함을 무릅쓴다. 역으로 조광증과 같은 정신 질환은 객관적으로 해로운 상태에서조차 희열을 느끼게 만들 수 있다.

- 기능 장애는 '정상적인' 삶을 유지할 수 있는 개인의 능력과 기능 장애에 따른 증상들이 개인의 인지 및 행동에 영향을 미쳐 직장 생활이나 가정생활을 어렵게 만드는지를 가리킨다.

- 위험은 누군가 스스로 혹은 타인을 위험에 처하게 만드는지를 의미하는 것으로 비정상을 결정하는 궁극적인 요인이다. 그러나 사실상 정신 질환이 이 정도의 기준에 도달하는 경우는 상당히 드물어, 이 기준을 적용하는 경우는 극히 제한적이다.

경계성 사례borderline case의 경우 이 네 가지 D 체계를 적용할 때 특히 주의해야 한다. 한 개인의 정상 혹은 비정상을 규정하는 결정에 따라서 잠재적으로 극단적이고 인권 침해적인 개입이 촉발될 수 있다. 비평가들은 이 네 가지 D 체계가 적어도 그것을 해석하는 방식이 어떠한 위험을 가하지 않는 치료가 불필요한 비순응자들을 질병을 앓는 환자로 잘못 분류할 수 있다고 지적한다.

정신 질환의 진단 통계 매뉴얼

DSM으로 알려진 전미 정신의학협회American Psychiatric Association가 발간한 이 매뉴얼은 2013년에 처음 도입됐으며, 현재 5판까지 출간되어 있다. 이 매뉴얼은 미국이나 이 분야에서 선두를 지켜오고 있는 전 세계 여러 나라의 정신 의학과 심리 요법의 일상적인 적용 및 심리학 전반에 있어 상당히 중요하다. 용어 그대로 DSM은 임상 관행에서 중요한 자원이며 '정신 질환을 진단하고 분류하는 데 사용'된다. 또한, DSM은 '다양한 임상 환경에서 나타나는 증상들의 객관적인 평가를 촉진하기 위해 고안된 것'이다. 간단한 체크 리스트를 갖추고 있는 이 매뉴얼은 심리학자, 심리 치료사, 사회 복지사, 및 관련자들이 일관된 진단과 치료를 제공할 수 있게 도움을 주기 위해 개발됐다.

혐오 요법

단순한 조건화라는 행동주의자들의 논리에 기반하고 있는 혐오 요법은 부정적인 자극을 가지고 실험대상이 목표한 상황, 태도 혹은 행동을 연상하기 위해서 그러한 것들을 반복적으로 보여 주는 조건화 훈련을 한다. 이것이 알코올 중독 치료제 안타부스의 효능을 뒷받침하는 근거다. 안타부스는 술을 마시면 메스꺼움을 느끼고 다른 불쾌한 반응을 일으켜, 약을 먹은 사람이 술을 싫어하도록 조건화하는 약물이다.

동성애를 '치료'하기 위한 혐오 요법은 1960년대까지 사용됐다. 1935년의 한 사례에서는 동성애적인 환상을 떠올린 한 남성에게 전기 충격을 가했고, 1963년 실험에서는 한 남성이 전기가 흐르는 바닥에 맨발로 서 있고, 벌거벗은 남성들의 사진을 보여 주면서 전기 충격을 했다. 이 실험 결과에 따르면 이 남성은 총 4천 번의 전기 충격을 당한 후 양성애자로 바뀌었다. 1964년에는 한 영국인 남성이 화학적 혐오 요법으로 인해 사망하게 됐다. 이 요법은 부정적 강화(동성애에 관한 토론과 함께 메스꺼움을 유발하는 약물을 사용했음)와 긍정적 강화(이성애에 대한 환상과 함께 환각성 마약 LSD가 사용됨) 모두를 사용했다.

DSM은 백치/정신 이상과 1880년 무렵 정신 건강의 일곱 개 항목(조광증, 멜랑콜리아, 편집광, 불완전 마비, 치매, 알코올 중독, 간질)에 대한 자료를 수집했던 19세기 미국의 인구 조사에서 그 기원을 찾을 수 있다. 1920년대 명칭을 바꾼 전미 정신의학협회는 세계 보건 기구World Health Organization의 분류 체계를 도입했고, 1945년 이후 이 분류 체계를 재정비해 최초의 DSM을 고안해서 1952년 이를 출간했다. 이 무렵 정신 질환은 '반응reaction'으로 알려졌다.

진단 인플레이션

DSM은 수많은 논란의 중심이 됐다. 특히 확인된 질환의 숫자를 증가시킨 방식이 거센 비판을 받았다. DSM의 통계치로 인해서 2차 세계 대전 이후 서구세계의 정신 질환 발병 수치(진단 수치)가 급상승했다는 공격을 받았다. 예를 들어, 영국에서는 1945년 이후 50년간 정신과 의뢰 비율이 6배 증가했고, 미국에서는 젊은 이들의 조울증 진단율이 1994~2003년과 비교했을 때 무려 4천 퍼센트가 증가했다.

DSM은 또한 정상 기분과 행동 심지어 슬픔까지도 질병으로 간주한다는 비난을 받고 있다. 그뿐만 아니라 진단 건수를 무책임하게 증가시키고 그로 인한 불필요한 치료를 유발했다는 책임도 벗을 수 없다. 로버트 스피처Robert Spitzer, 1932-2015는 DSM-3을 수정 보완한 개발자이다. 그는 DSM에 기초해 의료적 진단을 받은 사례 중 20~30퍼센트는 '정상적 반응'일지도 모른다고 추정했다. 정상적 반응이란 사실상 질병이 아니라는 의미다. DSM-4 개발 전담팀을 이끌었던 앨런 프랜시스 박사Allen Frances, 1942-는 울화temper tantrum가 '파괴적 기분조절 부전 장애disruptive mood dysregulation disorder'로, 노인에게서 나타나는 정상적 망각은 '경도 신경 인지 장애mild neurocognitive disorder'라는 명칭이 붙게 될 가능성이 있다고 했다. 또한 집중력 저하는 '성인 주의력결핍 과잉행동 장애Adult attention-deficit hyperactivity disorder'로 잘못된 명칭이 붙게 된다고 경고했다.

기행 혹은 정신 이상

당신이 다음과 같은 특징을 보이는 환자를 병원에 입원시켜야 하는지 판단해야 하는 정신과 의사라고 가정해 보자. 이 환자는 비순응, 창의성, 극도의 호기심, 이상 주의, 취미에 편집증적 관심, 어린 시절 이후 다르다는 것을 인지, 지능적, 솔직함, 경쟁력 부족, 애정 결핍, 형제 없음, 철자법 모름 등으로 특징을 기술할 수 있다. 그러한 특징들 때문에 다른 사람들과 다르게 보이고 잠재적 기능 장애를 짐작하게 만든다. 하지만 그는 위험하지도 않고 고통을 느끼지도 않는다. 그런 사람에게 약물을 주고 대화 치료를 권하는 것이 합당할까? 이러한 특성들 모두 1995년 괴짜들에 대한 기념비적 연구를 수행한 데이비드 윅스David Weeks가 고안한 기행 체크 리스트 에서 기원한다. 그는 5천 명 중 약 1명 정도가 '전형적인 괴짜'라고 추정했다.

중증 정신 질환

알다시피 서양의 주류 정신 의학에서는 최소 300가지 장애를 인정하고 있다. 이 장애들은 크게 세 가지 유형으로 느슨하게 범주화할 수 있다. 신경학적 질환, 정신병, 그리고 불안과 노이로제를 동반한 성격 장애이다.

신경학적 질환

신경학적 장애는 신경계에 영향을 미친다. 미국의 국립 신경 질환 뇌졸중 연구소US National Institute for Neurological Disorders and Stroke는 발달 장애(척추 갈림증), 감염(뇌염), 암(신경 교종), 뇌졸중, 유전 질환(소뇌 실조), 퇴행성 질환(알츠하이머병), 신경의 오작동(간질)을 포함해 총 445종의 신경 질환을 목록으로 작성했다. 심리적 요인을 가진 질환(주의력 결핍 과잉행동 장애)과 생리적 원인에 의해 유발되지만 중증의 인지 장애(실어증과 기억 상실증)를 동반하는 질환들도 있다.

특별히 흥미를 끄는 것은 뇌 손상과 특정 인지 기능 사이에 연관 관계가 있는 질환들이다. 전형적인 사례가 실어증, 실인증, 그리고 기억 상실증이 있다.

- 실어증aphasia은 베르니케 영역과 같은 뇌 영역의 손상으로 인해 말 비빔과 같은 특징적인 증상이 발생한다. 말 비빔이란 실제 언어처럼 들리지만 사실상 아무런 의미가 없는 단어들이 뒤죽박죽 섞여 있는 것이다.

전향 기억 상실

전향 기억 상실은 새로운 기억을 형성할 수 있는 능력을 잃어버리는 것이 특징인 드문 유형의 질환이다. 단기 기억STM은 제대로 작동하지만, 저장 혹은 회수의 문제들이 새로운 정보를 영구적으로 기록하지 못하게 한다. 전향성 기억 상실 환자는 아침에 누군가를 만나서 몇 시간을 함께 보내더라도 오후가 되면 아침에 만났던 사람에 대해 기억할 수 없다.

전향 기억 상실은 바르비투르산염 과다 복용과 천공에 의한 개별 뇌 손상이 초래한 산소 부족으로 일어난다. 이는 코르사코프 증후군Korsakoff's syndrome의 가장 공통적인 원인 중 하나다. 코르사코프 증후군은 알코올 중독자에게 일어나는 문제로 식습관과 음주가 티아민 결핍을 유발하고, 유두체mamillary bodies라고 하는 변연계 일부를 파괴한다. 그리고 작화증을 동반한 전향성 기억 상실이 일어나는 것이 안정된 코르사코프 증후군의 특징이다. 작화증이란 기억의 공백을 설명하기 위해서 이야기를 만들어 내는 것이다.

흥미롭게도 전향 기억 상실은 대개 서술 기억(사실, 사건 등에 대한 기억으로 '~라는 것을 아는 것'으로 알려져 있다)에만 영향을 미치고, 절차 기억(기술과 절차에 대한 기억으로 '~하는 방법을 아는것'으로 알려져 있다)은 그대로 유지한다. 예를 들어서 전향 기억 상실증 환자는 새로운 기술을 배울 수는 있으나 그것을 어떻게 배웠는지는 말할 수 없다.

- 실인증agnosia은 자각과 인지/이해 사이의 연결고리가 교란될 경우 나타난다. 미국의 신경학자 올리버 색스Oliver Sacks 1933-2015의 1985년 베스트셀러 저서 《아내를 모자로 착각한 남자The Man Who Mistook His Wife for a Hat》의 제목을 지은 경우나 사

랑하는 사람의 얼굴을 알아볼 수 없어서, 앞에 있는 사람이 누구인지 파악하려면 그 사람이 먼저 말을 할 때까지 기다려야 하는 얼굴 인식 불능증이 그 대표적 사례들이다.

- 기억 상실증amnesia은 기억의 형성 혹은 상기가 어려운 경우다. 영화에서 자주 등장하는 전 기억 상실증global amnesia으로도 알려진 완전하고 갑작스러운 기억 상실증은 극도로 보기 드문 경우다. 뇌진탕과 같이 뇌에 가해지는 부상이나 공격으로 종종 가까운 과거의 기억을 잃게 된다. 코르사코프 증후군과 같은 질환들은 이상한 유형의 기억 상실증을 초래할 수 있다.

정신병

정신병을 가장 엄격하게 정의 내린다면 환자가 자신의 상태에 대한 통찰력이 없는 질환을 말한다(예를 들어, 환상과 현실을 구분하지 못함). 좀 더 일반적으로 말하면 환영과 혹은 망상이 특징적으로 나타나는 질환이다. 정신 의학에서 정신병은 대개 '유기적organic(일반적으로 음주 혹은 노화에 따른 뇌 손상으로 유발된 퇴행성 질병)'이거나 '기능적functional(조현병, 과거 조울병으로 알려진 조울증 및 주요 우울 장애가 이러한 부류에 해당)'이라고 이해한다. 조현병schizophrenia의 특징은 다음과 같다.

- 정동 둔마flat affect(정서적 표현 결여 상태), 사고 및 말 부족, 그리고 목적성 결여와 같은 부정적 증상

- 망각, 환각, 환청, 말의 혼란성, 와해된 사고, 긴장증(인사불성 상태에서 움직임 없이 그대로 있음)과 같은 긍정적 증상

조울증의 특징은 다음과 같다.

- 기복이 심한 기분

- 조증의 특징은 희열, 불면증, 판단력 흐림, 망상, 우울 삽화(우울한 기간)

주요 우울 장애들은 다음과 같은 증상을 포함한다.

• **우울한 기분, 수면 장애, 식욕 부진, 피로 및 자살 충동, 침투적 사고**(스스로의 의지와 무관하게 떠오르는 원치 않는 생각)

정신 질환이 특정한 생리학적 원인을 가진 개별 질환인지 아닌지는 논란의 대상이다. 만약 그러한 질환의 원인이 존재하더라도 알려지지 않았다. 그리고 비평가들은 이러한 질환들이 무수히 많은 증상에 부여된 이름표에 불과하다고 말한다. 그러한 증상들은 함께 치료를 받을 경우, 이로울 수도 있고 이롭지 않을 수도 있다.

망상

이러한 고정된 믿음은 현실과 맞지 않으며, 문화적 규범에서도 벗어나고 이성적이지도 않다. 망상은 장애를 초래할 수도 있고 상당히 고통스러울 수 있다. 또한, 굉장히 해롭고 위험한 행동을 촉발할 수 있다. 망상은 조현병의 특징적 증상 중 하나다. 조현병의 증상으로 다음의 일부 혹은 전부가 나타날 수 있다. 예를 들어, **피해망상**(누군가 나와서 당신을 해하려고 한다는 생각), **관계망상**(당신과 실제 관계가 없는 신호의 대상, 예를 들어 라디오 방송 혹은 낯선 사람들의 대화를 엿듣는 경우), **조종망상**(외부의 영향이 당신의 생각과 행동을 지배한다)을 꼽을 수 있다.

망상은 치매, 우울증과 같은 광범위한 다른 질병에서도 나타난다. 우울증에서는 자신은 쓸모가 없다고 생각하는 것과 같은 허무망상이 가장 일반적인 증상이다. 카그라스 증후군Capgras syndrome은 당신과 가까운 사람들이 똑같은 모습으로 분장한 전혀 다른 사람으로 교체됐다고 믿는 망상을 말한다. 한편 신속하게 외모를 바꿀 수 있는 것으로 유명했던 배우의 이름을 딴 프레골리 증후군Fregoli syndrome은 무수히 많은 사람이 사실은 끊임없이 변장하거나 외모를 바꾸는 한 사람이라고 생각하는 망상을 말한다.

해리 장애

해리 장애Dissociative disorder는 복잡하고 명확하지 않으며 논란의 여지가 많은 정신 질환으로 사고와 행동, 의도와 행동 간의 분리된 기분이 드는 해리, 정체성, 기억 심지어 의식의 분열을 수반한다. 해리 장애를 앓는 사람들은 부적절하거나 멍한 상태에서 감정적 반응을 이야기할 수 있으며, 멀리에서 자신이 살아가는 모습을 바라보고 있다고 느낀다. 특히 극단적 유형의 해리 장애는 해리 기억 상실증과 둔주fugue, 그리고 과거에는 다중인격 장애로 알려졌던 해리 정체성 장애로 이루어져 있다.

해리 기억 상실증은 생리학적 원인을 가진 기억 상실을 말한다. 일반적으로 해리 장애는 스트레스나 트라우마에 의해 발생한다. 가장 심각한 유형 중 하나는 둔주다. 이 경우 장애를 앓는 사람은 새로운 어딘가로 가서 새로운 생활을 시작하고, 과거의 삶에 대한 모든 기억을 잊어버리거나 지워져 버렸다(가족관계까지도 기억 못 함). 해리 정체성 장애를 앓는 사람은 둘 혹은 그 이상의 뚜렷이 구분되는 정체성을 갖고 있으며, 스트레스를 받고 있을 때 이러한 정체성 사이를 왔다 갔다 할 수 있다.

불안과 노이로제를 동반한 성격 장애

포괄적인 범주에 포함된 몇몇 장애들은 청소년기 후반이나 성인기 초반에 나타나며, 안정적이고 침투성이 뛰어난 사고 및 행동 방식, 그리고 다른 사람들과 관계를 맺는 방식들이 사회적 규범에서 벗어나고 불안과 기능 장애를 일으킨다.

이러한 장애들은 대개는 사회적 정의에 의해 좌우된다. 회의론자들은 이 장애들은 다른 사람들이 승인하지 않는 성격이나 행동에 그저 치료를 위해 붙여놓은 표식에 불과하다고 주장했다.

예를 들면 다음과 같다.

- 경계성 성격 장애Borderline personality disorder의 특징은 극도의 감정 불안정이다.

- 분열성 성격 장애Schizoid personality disorder의 특징은 냉정하고 고독한 방식을 즐긴다.

- 반사회성 성격 장애Antisocial personality disorder의 특징은 이기적인 무모함과 충동성이다.

- 반사회성 성격 장애와 긴밀하게 연관된 것은 정신 병리학적 기질psychopathy이며, 그 특징은 매력적인 언변의 소유자, 거짓말, 양심 혹은 공감 부족을 꼽을 수 있다.

불안

해리, 침투적 사고, 생생한 기억, 회상, 환각을 동반한 심각한 불안anxiety 혹은 우울증이 외상에 노출된 후 4주 이내에 발생하는 경우를 급성 스트레스 장애acute stress disorder 혹은 외상 후 스트레스 장애post-traumatic stress disorder, PTSD라고 일컫는다.

미국의 남북전쟁 기간에 급성 스트레스 장애는 '향수nostalgia'로 알려졌었는데, 이는 당시 이 질병의 원인이 일종의 향수 때문이라고 짐작했기 때문이었다. 1차 세계 대전 당시 이것은 '셸 쇼크shell shock'라고 불렸고, 2차 세계 대전 때는 '2차 전투 피로증Second combat fatigue'이라고 각각 불렸다. 베트남 전쟁이 끝나고 나서야 비로소 그러한 스트레스 반응이 발현 이후에도 오랜 시간, 어쩌면 무기한으로 지속될 수 있다는 것이 인정받게 되었다. 전쟁 포로였던 157명의 2차 세계 대전 참전 용사들을 대상으로 한 연구에서 전쟁이 끝난 지 65년이 지났음에도 그들이 여전히 임상적으로 분명한 외상 후 스트레스 장애로 고통받고 있다는 사실이 밝혀졌다.

환자들은 증상을 일으키는 계기를 피하고자 자신들의 행동을 바꾸지만, 날씨와 같은 아주 간단한 신호에도 갑작스러운 플래시백flashback(과거 회상)이 일어날 수 있다.

공포 장애

공포 장애phobia는 자극에 대한 비정상적인 불안 반응이다. 이때 자극은 단순히 실존적인 것의 재현일 수 있다. 예를 들어, 고양이 공포증을 가진 사람ailurophobe은 고양이 사진만 봐도 불안 반응을 경험할 수 있다. 일반적인 공포증들은 다음과 같다.

- 사회 공포증social phobia: 사람을 만나는 것 혹은 사교 모임에 참석하는 것을 두려워한다.
- 광장 공포증agoraphobia: 군중, 공공장소, 그리고 안전한 곳을 벗어나는 것에 대한 두려움이다.
- 거미 공포증arachnophobia: 독거미가 없는 나라인 영국에서 가장 흔한 형태의 공포증을 말한다. 흥미롭게도 독거미가 서식하고 있는 지역들에서는 거미 공포증이 훨씬 덜 흔한 공포증이다.

- 고소 공포증acrophobia: 높은 곳을 두려워하는 것으로 현기증과 혼동하는 경우가 많다. 그러나 현기증 역시 고소 공포증의 증상 중 하나일 수 있다. 고소 공포증의 요인들은 태어날 때부터 뇌에 내장되어 있다는 증거가 있다. 이제 막 기어다니기 시작한 아기들에게 마치 그들이 벼랑끝에 서 있는 것 같은 착각을 불러일으키는 '시각 경사visual cliff'를 보여주는 실험을 했다. 아기들은 본능적으로 벼랑 끝으로 기어가는 것을 거부했다.

- 암 공포증carcinophobia: 암에 대한 공포증은 사람들이 의사와 상의하는 것을 막는다는 점에서 해가 될 수 있는 가장 흔한 공포증의 예이다.

- 주사 공포증trypanophobia: 주사 공포증은 혈압을 갑자기 떨어뜨릴 수 있어 실신할 수도 있고 심한 경우 죽음에 이를 수도 있다.

신경증 장애

신경증Neurotic을 가지고 있는 사람은 자신의 문제를 인식할 수 있고, 생물학적/생리학적 원인이 있는 것도 아니므로 불안과 비교했을 때 비교적 정도가 덜 심하다. 노이로제는 인격 장애 및 해리 장애와 함께 일어나며, 강박 장애, 섭식 장애, 불안 발작, 및 공포 장애와 같은 불안과 연관된 증상들이 수반한다.

행복에 대해 우리가 알아야 할 것

만약 친구에게 당신이 심리학자를 만날 계획이라고 말한다면, 그는 당신에게 무슨 말을 할까? 십중팔구 그는 걱정할 것이고, 당신에게 문제가 있거나, 혹은 정신 건강에 문제가 발생했다고 생각할 것이다. 전통적으로 심리학은 질병 모델에 초점을 맞춰왔다. 심리학은 우울증이나 조현병과 같은 주요 정신 질환의 치료 발전에 커다란 공헌을 했지만 동시에 그러한 경향은 심리학을 부정적인 시각으로 바라보게 하는 결과를 초래했다. '긍정' 혹은 '최적'의 심리학으로 알려진 최근의 심리학 운동에서는 심리학이 반드시 그러한 방향으로만 나갈 필요는 없다고 강조한다. 긍정심리학의 목표는 심리학자를 방문 트레이너와 비슷하게 보이도록 만드는 것이다.

긍정심리학

하버드 대학의 조지 베일런트George E. Vaillant, 1934-는 '정신 의학 입문서'라고 부를 수 있는 서적들을 분석했다. 그 결과 백만여 권의 도서 중 단 5줄만이 희망과 기쁨을 언급하고 있었고, 사랑이나 연민을 언급한 것은 단 하나도 없었다. 이 때문에 긍정심리학Positive psychology이 오랜 과거와 정신과학의 역사에 뿌리를 두고 있다는 사실을 망각하게 된다.

어떻게 하면 행복해질 수 있을까? 라는 의문은 고대 그리스 철학을 이끈 질문 중 하나였으며, 그리스어로 행복을 의미하는 '에우다이모니아eudaimonia'에 대한 아리스토텔레스의 관점(기원전 384-322)이 현대 긍정심리학에 지대한 영향을 미친 것이 입증되었다. 긍정심리학의 역사를 간단하게 살펴보기로 하자.

- 긍정심리학이 19세기에 등장했을 때, 심리학은 철학에서 벗어

나 과학이 되려고 시도하고 있었다. 하지만 심리학의 몇몇 초기 옹호론자들조차 긍정심리학의 기본원리를 주창했다.

- 미국 심리학의 선구자인 윌리엄 제임스William James, 1842-1910는 1906년 미국심리학회American Psychological Association, APA 회장 연설에서 최적심리학optimal psychology의 주제를 거론했다. 최적심리학이란 심리학 연구에서 '인간 에너지'의 한계를 고찰하고, 이러한 에너지를 자극해서 최대한 이용하는 방법을 밝히는 것이다. 그는 객관적이고 과학적인 심리학을 추구했지만, 긍정적인 목표를 달성하는 데 도움을 주기 위해서는 개인의 주관적 경험을 다루는 것도 소홀히 해서는 안 된다고 주장했다.

- 제임스가 제안한 인본주의적 접근법은 프로이트식 학파의 심층심리학(심리학의 '제1 물결'로 알려짐)의 부상과 이후 행동주의 심리학이 지배적 위치(제2 물결)에 오름에 따라 20세기에는 그다지 주목을 받지 못했다.

- 2차 세계 대전이 끝나고 미국의 심리학자 에이브러햄 매슬로

Abraham Maslow, 1908-0970의 연구가 발표되면서 심리학의 제3 물결(제3 세력)의 도래를 알렸다. 그는 '욕구 위계hierarchy of needs'로 알려진 인간의 동기 모형을 개발했다.

- 이 위계 모형의 가장 아래쪽에는 기본적인 생리적 욕구가 자리하고 있고, 그 중간에는 자긍심을 추구하거나 사랑받고 싶어 하는 욕망과 같은 인간의 근본적인 욕망이 있다. 위쪽으로 가면서 자율성, 온전성, 아름다움과 같은 '메타적(범위나 경계를 아우르는 것)' 목표를 추구하려는 욕구가 자리 잡고 있다. 이 메타적 목표는 궁극적으로 자아실현이라는 목표로 이어진다(자신의 잠재력을 완벽하게 발휘한 통합형 인간이 된다). 그리고 이 단계가 넘어가면 포부의 욕구가 존재한다. 예를 들어, 발견과 절정 경험의 욕구가 여기에 포함된다. 그리고 그 이후에는 매슬로가 말한 'Z 영역'인 초월상태가 존재한다. 매슬로는 '긍정심리학'이라는 용어를 처음 사용했다.

- 심리학 분야의 제3세력은 정신 요법에 지대한 영향을 미치고, 결정주의를 배격하고 개인의 자율성과 행복한 삶을 추구하면서 성

장할 가능성을 강조하는, 더 긍정적이고 인본주의적인 치료 모델의 개발을 촉진하는 데 이바지했다. 이와 같은 인본주의적 심리학의 옹호자 중 가장 잘 알려진 학자는 칼 로저스Carl Rogers, 1902-1987이다. 그의 인간 중심 접근법(로저스 요법)은 긍정심리학에 또 다른 중대한 영향을 미쳤다.

- 독특한 심리학 연구의 한 학파로서 긍정심리학은 미국의 심리학자 마틴 셀리그만Martin Seligman, 1942-이 창시했다고 알려져 있다. 그가 APA의 회장이 됐을 때, 1998년 연설을 통해서 긍정심리학을 하나의 학문으로 간주하고, 최적의 인간 기능이 무엇인지를 과학적으로 연구하며, 또한 개인과 공동체가 번영할 수 있는 요인들을 발견하고 촉진하는 것을 목표로 한다고 말했다.

아리스토텔레스와 행복 철학

아리스토텔레스는 우주의 가장 중요한 원칙은 목적이라고 믿었다. 이는 모든 것이 한 가지 목표를 향해서 나아간다는 의미이다. 그는 모든 인간 노력의 궁극적 목표, 즉 '인간의 지상선'은 행복이며, 좀 더 구체적으로 말하자면 행복해질 수 있는 방식으로 선한 삶을 사는 것이라고 생각했다. 그러므로 행복은 결과라기보다는 과정, 정지된 상태라기보다는 부단히 움직이는 활동에 좀 더 가깝다. 아리스토텔레스에 따르면, 이 활동은 이성적으로 사는 것이다(인간의 이성은 인간만의 독특하고 본질적인 미덕이 된다). 그의 행복론은 인간의 미덕에 부합하는 삶을 영위하면서 인간의 이성을 충분히 사용하고 탐험할 수 있는 활동을 찾아내는 것이다. 인간의 운명이 그 어떤 흥망성쇠를 경험한다고 하더라도 이 '선한 삶'은 반드시 행복으로 이어질 수밖에 없다. 이는 인류의 기본적인 본성과 선한 삶이 조화를 이루고 있기 때문이다.

최적심리학

궁정심리학이 단순히 행복에 관한 것만 다루는 것은 아니다. 셀리그만은 행복의 의미가 사람마다 다르므로 '행복'이라는 단어의 사용을 피하려고 했다. 그는 대신 '번성flourishing' 혹은 '웰빙well-being'이라는 용어를 더 선호했다. 운동은 부분적으로는 전통적인 질병 심리학 모델에 반대하기 위해 시작됐다. 그래서 인간은 단순한 생존이 아닌 풍성한 삶을 살기를 원한다는 것과 '장애적 상태'를 제거하는 것은 '삶을 가장 가치있게 만드는 가능의 상태을 구축하는 것'과 다르며, '잘못된 것을 고치기'보다는 '강한 것을 구축하는 것'을 추구한다고 인식한다.

웰빙의 유형

궁정심리학은 주관적 단계, 개인적 단계, 집단적 단계 등 독립된 3개의 단계에서 작동한다. 주관적 단계는 기쁨, 행복, 낙관, 몰입 등 긍정적 감정과 활동에 대한 주관적 경험을 연구한다. 개인적 단계는 '선한 삶'을 구성하는 것과 '선한 사람'의 자질들과 관련이 있으며, 장점과 미덕에 초점을 맞춘다. 집단 혹은 공동체 단계는 사회적 시민적 미덕과 관련이 있으며, 그러한 미덕들은 공동체와 모든 시민의 웰빙을 강화한다.

이 3단계는 다음과 같은 웰빙에 대한 각기 다른 개념들과 관련이 있다.

- 쾌락적 웰빙은 행복에 대한 일상적인 이해에 가장 가깝다. 그것은 기쁨과 욕망을 충족시키는 것을 포함한다. 그러므로 피상적

이고 일시적이며 반드시 건강한 행복이라고 말할 수 없다. 이 개념은 고대 그리스 철학자 에피크로스Epicurus, 기원전 341-270의 글에서 그 기원을 찾을 수 있다. 그는 선한 삶과 웰빙으로 가는 길은 기쁨을 극대화하고 고통을 최소화하는 것이라고 믿었다. 이러한 접근법은 '쾌락 계산법hedonic calculus'으로도 알려져 있다. 그러나 그의 비판자들이 주장했던 것처럼 에피크로스가 단순히 무절제한 욕구 충족만을 주장한 것은 아니었다. 에피크로스는 욕구 충족에는 쾌락뿐 아니라 고통도 수반한다는 점 그리고 가장 좋은 선택은 욕망을 완전하게 진정시키고 중화하는 것임을 강조했다. 이와 같은 관점은 불교와 명백한 유사점을 가지고 있다.

- 행복을 추구하는 웰빙은 아리스토텔레스의 행복, 선한 삶, 그리고 미덕의 개념과 관련이 있다. 그리고 훨씬 더 깊고 광범위한 의미의 행복을 강조한다. 특히 편협한 의미의 보상 혹은 개인적 이득에 대한 것보다는 자신에 대한 연민, 유능함, 뛰어남, 그리고 관대함과 같은 미덕 추구를 강조했다.

- 시민의 웰빙은 사회에 되돌려주는 것, 그리고 시민들과 구성원들

의 웰빙을 향상하기 위해 노력하는 공동체나 기관들에서부터 시작한다.

문화 특징적인 행복의 유형

각기 다른 유형의 행복과 마찬가지로 긍정심리학의 용어들이 혼란스러워 보일 수 있다. 전 세계의 서로 다른 문화와 언어에서 다양한 유형의 행복에 대해 현기증이 날 만큼 혼란스러운 어휘를 만들어 냈다. 그 어휘 중 다수는 번역이 사실상 불가능하다. 몇 가지 예를 들어 보자면 다음과 같다.

- 어웨어aware(알고 있는): 덧없이 지나가 버리는 초월적인 아름다움. 예를 들어 벚꽃을 바라보는 씁쓸한 기쁨을 의미하는 일본어.
- 벨룸belum: '아직'을 의미하는 인도네시아어. 하지만 어떤 사건이 아직 일어나지 않았다는 낙관이 담긴 어휘.
- 마가리magari: '아마도maybe'와 거의 대등한 의미의 이탈리아어. 기대에 찬 바람과 희망적 후회가 결합한 의미이며, '내 꿈속에서는in my dreams' 혹은 '~라면 좋을 텐데if only'의 의미를 내포하고 있음.

- 나츠카시natsukashii: 일종의 향수와 연관된 기쁨과 갈망을 의미하는 일본어. 소중한 기억에 담긴 행복과 지나간 시간에 대한 슬픔이 결합되어 있음.

- 볼포이더vorfreude: 앞으로 다가올 기쁨을 상상하면서 경험하게 되는 즐거운 기대를 의미하는 독일어.

셀리그만의 PERMA 모델

이러한 세 가지 유형의 웰빙과 같은 개념들이 마틴 셀리그만의 긍정심리학과 인간 번성의 PERMA 모델에 통합되어 있다.

- P는 긍정적 감정을 의미하는 것으로 쾌락적 웰빙과 과거(감사와 용서), 현재(마음을 씀과 기쁨) 그리고 미래(희망과 낙관)에 대한 긍정적 감정의 고조 등을 포함한 주관적 경험과 관련이 있다.

- E는 참여를 의미하며 몰입flow의 개념과 관련이 있다(246쪽 참조).

- R은 관계를 나타내며, 즐거움, 소속감, 안정, 자부심, 즐거움, 의미를 느끼게 하고 연민, 친절, 사랑, 이타심 등과 같은 미덕이 자라게 하는 타인과의 관계 맺음과 관련이 있다.

- M은 의미를 나타내며, 개인과 사적인 것을 초월해서 사회기관이나 시민기관, 대의에 소속감을 느끼거나 봉사하는 데서 의미와 목적의식을 찾는 것과 관련이 있다.

- A는 성취를 의미하며, 자신을 위한 미덕의 추구와 관련이 있으며, 취미생활에 몰두하는 것에서부터 스포츠에서의 우수한 성적이나 직장에서의 성공에 이르는 모든 것을 포함할 수 있다.

행복하면 건강한가?

긍정심리학은 가시적이고 정량화 가능한 이점이 있다. 긍정심리학은 업무 수행 및 관계 만족도를 개선하고 협력성을 강화하며 숙면, 자기 통제력, 회복 탄력성을 강화하여 더 나은 시민이 되는 데 도움이 된다. 또한, 면역 체계를 강화하여 심혈관 질환으로 인한 사망률 감소 및 수명 연장으로 신체 건강을 개선해 준다. 예를 들어, 2002년부터 50세 이상 남녀 11,000명의 건강 및 웰빙에 대한 자료를 수집한 영국의 노화 종단 연구English Longitudinal Study of Ageing에 기초한 2012년 연구에 따르면 삶에 대한 즐거움이 증가하면 사망 위험이 28퍼센트 감소한다.

절정 경험과 '몰입'

긍정심리학 분야의 핵심 개념은 몰입flow이다. 이는 과제 또는 취미에 온전히 집중하여 수행이 최고치에 달한, 즉 마치 운동선수들이 '무아지경'에 대해 이야기할 때와 같은 일종의 변화된 의식 상태다. 긍정심리학의 많은 측면과 마찬가지로 몰입은 프로이트의 '대양적 느낌oceanic feeling(대양처럼 지각할 수 있는 한계가 없음)' 및 매슬로의 '절정 경험peak experience(긍정적 감각의 절정)'과 같은 이전 개념들과 관련성을 갖는다.

대양적 느낌

프로이트의 용어들은 자아와 자아 외 우주의 모든 것 사이에 경계가 사라지고 우리가 존재하는 나머지 것들과 하나라고 느끼는 일종의 초월적 경험을 설명한다. 1930년 저서 《문명 속의 불만Civilization and its Discontents》에서 프로이트는 이 대양적 느낌

Oceanic feeling이 종교적 경험 뒤에 존재하는 기제이며, 따라서 종교의 모든 현상 뒤에 존재한다고 주장했다.

프로이트는 '외부 세계와 하나가 되는' 느낌을 자아에 대한 인식으로부터의 일시적 자유와 환경에 대한 완전한 몰입이라고 제시했으며, 이는 훗날 '몰입 의식flow consciousness'의 주요 특성으로 파악된다. 그러나 프로이트는 대양적 느낌이라는 개념을 개인적으로 평가할 수 없었고 연구의 대상으로도 어려움을 겪었다고 고백한 바 있다.

기쁨에 의한 놀람

긍정심리학 발전의 주요 인물인 미국 심리학자 아브라함 매슬로Abraham Maslow는 매우 유사한 경험 혹은 느낌을 제시한 바 있다. 매슬로는 심리학에 대한 접근에서 최초로 행복을 중심에 놓은 학자 중 하나이다. 매슬로는 연구에서 스스로 '절정 경험peak experience'이라고 명명한 현상을 경험했는데, 그 용어는 아마도 산의 정상peak에 서 있는 느낌을 표현한 것이기 때문일 것이다. 매슬로는 '절정 경험은 갑작스러운 강렬한 행복감과 웰빙의 느낌'이라고 설명한다. 이러한 경험은 '궁극의 진실ultimate truth'의 깨달음과 '모든 것의 통합'을 포함할 수 있다. 대양적 느낌과 마찬가지로 실험 참여자는 '세상과 하나 됨을 느끼고', '시공간 속 위치를 잊음'을 경험한다.

매슬로는 이러한 경험이 긍정심리학에서 독려하는 모든 측면에서의 장기적인 삶의 질 개선으로 이어진다고 주장했다. 또한 매슬로는 1964년 저서 《종교, 가치, 그리고 절정 경험 Religion, Values and Experience》에서 절정 경험을 경험한 사람은 사랑과 수용성이 증가하며, 따라서 보다 자발적이고 정직하며 순수해진다고 주장했다. 매슬로는 절정 경험이 만들어지거나 인공적으로 유도될 수 있는 것이 아니라 일반적으로 우리는 "기쁨에 의해 놀란다."라고 말했다. 또한 절정 경험은 직접 찾을 수 있는 것이 아니고 예를 들어, 당신이 공감할 수 있는 가치 있는 일을 훌륭히 해내는 것의 부산물, 부수적 현상으로 온다고 말했다.

한계에 달함

긍정심리학의 창시자 중 한 명으로 헝가리 출신의 미국 심리학자인 미하이 칙센트미하이Mihaly Csikszentmihalyi, 1934-는 놀라울 정도로 유사한 현상을 탐구했다. 예술가, 음악인, 운동선수 등과의 인터뷰를 통해 행복의 동인을 파악하며 칙센트미하이는 스스로 '몰입'이라 칭한, 프로이트의 대양적 느낌 및 매슬로의 절정 경험과 같은 느낌에 도달하게 하는 변화된 의식의 상태를 발견했다. 대양적 느낌 및 절정 경험과 마찬가지로 몰입은 환경에 대한 몰입, 정신적 경계 및 시공간 경계의 소멸을 포함한다.

몰입의 주요 특징은 수동적 혹은 명상적 상태가 아니라 능동적, 몰두하는 상태라는 점이다. 칙센트미하이는 '삶에서 최고의 순간은 수동적, 수용적 그리고 이완된 상태가 아니다.'라고 말했다. '최고의 순간은 보통 무엇인가 어렵고 가치 있는 것을 달성하기 위해 자발적으로 노력하는 중에 사람의 몸 또는 마음이 한계에 달했을 때 발생한다.' 이러한 상태의 사람들은 일 또는 생산성이 어떻게 자신들로부터 마치 '흘러나가는 것flow' 같은지, 또는 자신들이 저항할 수 없는 흐름flow에 사로잡힌 것 같다고 묘사했다. 칙센트미하이는 몰입flow을 '어떤 활동에 깊이 빠져서 다른 그 무엇도 중요하지 않은 것 같은 상태, 그 경험이 매우 즐거워 사람들이 그 활동 자체를 위해 계속해서 그 활동을 하는 것'이라고 설명했다.

최초의 4분

몰입의 전형적인 사례는 1마일 4분 내 주파라는 기록을 세운 영국의 육상 선수 로저 베니스터Roger Bannister 1929-2018의 1995년 자서전《최초의 4분The First Four Minutes》에서 찾아볼 수 있다. 달리는 도중의 초월적 경험을 설명하며 베니스터는 '신선한 리듬이 내 몸으로 들어왔다. 나의 움직임을 더 이상 의식하지 않고 나는 자연과의 새로운 일체됨을 발견했다. 나는 한 번도 존재한다고 꿈꿔보지 않았던 힘과 아름다움의 새로운 원천을 발견했다.'라고 말했다.

몰입의 특성

잔느 나카무라Jeanne Nakamura와 함께 칙센트미하이는 과제가 몰입의 상태를 일으키기 위해 가져야 할 두 가지 조건을 정의했다.

- 과제와 역량 사이의 균형. 따라서 과제가 한계까지 도달하게 하지만 부러뜨리지는 않을 것을 느낌.

- 명확한 단기 목표 또는 이정표. 따라서 발전 상황에 대해 즉각적이고 지속적인 피드백을 받을 수 있음.

나카무라와 칙센트미하이는 또한, 몰입 상태의 여섯 가지 특징을 정의했다.

- 현재에 대한 강력하고 몰두한 집중.

- 행동과 의식의 통합.

- 성찰적인 자의식의 상실-일에 '자신을 잃음losing yourself'.

- 통제감. 따라서 어떤 일이 일어나도 처리할 수 있다는 것을 앎.

- 시간의 경험 왜곡: 보통, 지각하지 못한 사이 시간이 빠르게 지났다는 느낌.

- 경험이 자체로 보람되다는 느낌. 즉 어떤 일이 그 자체로 의미가 있어 최종 목표가 마치 그 일을 하는 즐거움을 위한 구실이 되는 정도.

몰입은 행복의 원인과 상관 요소로 모두 중요하다. 칙센트미하이는 몰입 상태를 일종의 절정 경험으로 본다. 긍정심리학에 따르면 진정한 행복의 특징인 심오하고 진정한 만족감과 충족감을 만들어 낸다. 또한, 이러한 상태가 이 최적심리학과 가장 강력하게 연관된 성격 및 라이프 스타일의 자연적 결과라고 보았다. 협의의 개인적 차원이 아니라 공동체와 열정으로 더 깊은 광의에서 헌신적이고 창의적으로 참여하는 사람들은 진정으로 행복한 사람들이다.

따라서 최적심리학에서 우리가 배울 수 있는 교훈은 '자신을 아는 것knowing yourself'의 중요성, 즉 자신의 심리와 나아가 인간의 심리를 탐색하고 이해하는 것의 중요성이다. 이러한 점에서 이 책은 우리의 정신적 웰빙을 최적화하는 도구의 역할을 할 수 있으며, 심리학의 세계가 제시하는 무수히 많은 중요하고 매력적인 통찰에 대해 폭넓고 심도 있는 탐색의 출발점이 될 수 있기를 바란다.

하룻밤에 읽는 심리학

우리가 알아야 할 심리학의 모든 것

1판 1쇄 2020년 11월 23일
발행처 유엑스리뷰 | **발행인** 현명기
지은이 조엘 레비 | **옮긴이** 한미선 | **편집** 박수현
주소 서울시 강남구 테헤란로 146 현익빌딩 13층 | **팩스** 070-8224-4322
등록번호 제333-2015-000017호 | **이메일** uxreviewkorea@gmail.com

낙장 및 파본은 구매처에서 교환해 드립니다.
구입 철회는 구매처 규정에 따라 교환 및 환불처리가 됩니다.

ISBN 979-11-88314-58-4

Psychology for Busy People by Joel Levy